CB006726

1ª EDIÇÃO | julho de 2019 | 7 mil exemplares
2ª REIMPRESSÃO | setembro de 2019 | 3 mil exemplares

CASA DOS ESPÍRITOS
Rua dos Aimorés, 3018, sala 904
Belo Horizonte | MG | 30140-073 | Brasil
Tel.: +55 (31) 3304 8300
editora@casadosespiritos.com.br
www.casadosespiritos.com.br

EDIÇÃO, PREPARAÇÃO E NOTAS
Leonardo Möller

REVISÃO
Naísa Santos
Daniele Marzano
Michele Dunda

PROJETO GRÁFICO E DIAGRAMAÇÃO
Victor Ribeiro

FOTO DO AUTOR
Kleber Bassa

IMPRESSÃO E ACABAMENTO
EGB

OS VIAJORES

AGENTES DOS GUARDIÕES

Dados Internacionais de Catalogação na Publicação (CIP)
(Câmara Brasileira do Livro, SP, Brasil)

Inácio, Ângelo (Espírito)
Os viajores: agentes dos guardiões / pelo Espírito Ângelo Inácio ;
[psicografado por] Robson Pinheiro. – 1. ed. – Belo Horizonte, MG :
Casa dos Espíritos Editora, 2019.

ISBN: 978-85-99818-68-8

1. Espiritismo 2. Psicografia 3. Romance espírita
I. Pinheiro, Robson. II. Título.

19-27315 CDD-133.9

Índices para catálogo sistemático:
1. Romance espírita : Espiritismo 133.9

O Acordo Ortográfico da Língua Portuguesa, ratificado em 2008, foi respeitado nesta obra.

A Casa dos Espíritos acredita na importância da edição ecologicamente consciente. Por isso mesmo, só utiliza papéis certificados pela Forest Stewardship Council® para impressão de suas obras. Essa certificação é a garantia de origem de uma matéria-prima florestal proveniente de manejo social, ambiental e economicamente adequado, resultando num papel produzido a partir de fontes responsáveis.

ROBSON PINHEIRO

PELO ESPÍRITO ÂNGELO INÁCIO

OS VIAJORES

AGENTES DOS GUARDIÕES

AO AMIGO MIKE MALAKKIAS,

pelo empenho e pela dedicação ao trabalho
dos Guardiões da Humanidade.

Todo mundo quer voar
Nas costas de um beija-flor
Todo mundo quer viver de amor
Mas nem tudo é só querer (...)
Todo mundo quer voar além
Mas é preciso aprender
Voarás, voarás

PAULINHO PEDRA AZUL

SUMÁRIO

Eis que estou à porta, e bato; se alguém ouvir a minha voz, e abrir a porta, entrarei em sua casa, e com ele cearei, e ele comigo.

APOCALIPSE 3:20

CAPÍTULO 1

O CHAMADO

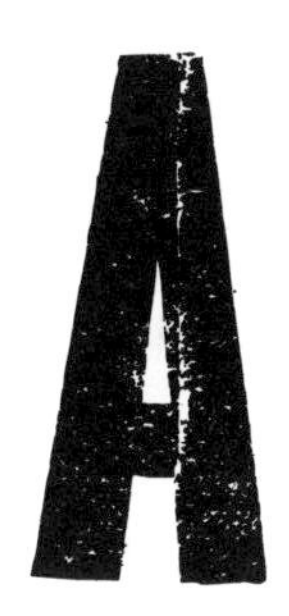

metrópole espiritual amanheceu mais movimentada que de costume. Espíritos provenientes de diversas cidades do astral acorriam até ali a fim de discutir temas relativos ao processo de espiritualização em curso naquele momento evolutivo da Terra. Cada grupo reunia-se em determinado local, de acordo com a própria cultura, a visão de espiritualidade e o respectivo núcleo de atuação na superfície planetária. Havia seres vinculados a correntes religiosas orientais, entre elas, vertentes muçulmanas e hindus, bem como ligados a culturas ocidentais e suas múltiplas interpretações acerca do processo de espiritualização terreno. É claro que, após os debates, os seminários c as cxposições que se realizariam durante todo o período, correspondente a uma semana, haveria uma reunião geral, num grande auditório, entre os vários existentes na paisagem exuberante da metrópole espiritual.

Nosso grupo tinha por objetivo, em meio a outras questões, discutir particularmente o preparo de agentes dos guardiões superiores no plano físico. Isso porque, tendo em vista o histórico espiritual e religioso daqueles que respondem ao chamado desse trabalho de renovação da humanidade, boa parte dos candidatos apresenta características que atrasam ou dificultam a especialização nas questões devidas, como ir e vir com demasiada frequência, perambulando entre as diversas escolas de despertamento espiritual. Muitos não se aprofundam e ficam, em larga medida, em busca de novidades. A ação dos guardiões superiores sofre muito com esse vaivém, essa inconstância e a falta de perseverança de quem lhes atende o chamado e se deixa inebriar em distrações que encantam e hipnotizam. Esse tipo de atitude, mais do que nunca, atrasa o processo de renovação socioespiritual programado para esta época da humanidade. Tais eram as preocupações mais prementes em nosso plenário.

Havia, entre nós, indivíduos filiados a escolas contemporâneas, tais como espíritas, esoteristas e umbandistas, os quais detinham ampla visão dos aspectos religiosos que envolvem os apologistas da nova era. Evidentemente, não pretendíamos que nossos irmãos na Terra, os encarnados, aceitassem que alguns de seus mestres, representantes ou guias do Além pudessem se congregar com total isenção de ideias, voltados para uma proposta de espiritualidade independente e libertadora, conforme expressão comum entre aqueles amigos. Não obstante, ali estávamos, observando aspectos práticos e explorando possibilidades em relação ao futuro dos movimentos de espiritualidade nas terras brasileiras e à sua expansão pelo planeta. O Brasil constituía-se numa das maiores, provavelmente a maior das plataformas de onde partiam parceiros encarnados dos guardiões. Reuniam-se conosco animistas em desdobramento, muitos médiuns, entre os quais, alguns velhos conhecidos nossos. Em dado momento, o tema principal sobressaiu aos demais, e começamos a falar do processo de formação de agentes dos guardiões, principalmente no tocante às experiências fora do corpo.

— Geralmente, nossos amigos encarnados, imbuídos da vontade de ajudar a qualquer custo os orientadores de mais alto, querem desenvolver a habilidade da consciência extrafísica — como se a mera *consciência* das atividades e das experiências do lado de cá bastasse ou permitisse auxiliar com mais intensidade e qualidade. Muitos julgam já conhecer o suficiente da paisagem, da geografia e, também, das leis do chamado Além. Querem, às vezes acima de tudo, conservar em vigília a memória do que vivenciam em desdobramento. Porém, esquecem-se ou rejeitam o fato de que, despertos no corpo físico e plenamente conscientes, são capazes de fazer grande estrago em suas próprias vidas pessoais e familiares. Incorrem em desacertos graves, alimentam visões equivocadas da existência, além, é claro, de desconhecerem o que pensam os orientadores evolutivos ou mentores.

João Cobú falava tendo em mente dezenas de filhos encarnados que menosprezam alguns fatores essenciais para atuar com destreza no plano extrafísico. Entre eles, a conscientização acerca das leis espirituais, o cultivo da responsabilidade perante o trabalho e o mais elementar: o reconhecimento de que a grande maioria de quem coopera em nossa dimensão não se recorda nem de 10% do que faz aqui — tampouco dá a esse aspecto a mínima importância. Na realidade, o cérebro, tanto quanto o paracérebro, que é o órgão correspondente no plano astral, não é treinado para tal em apenas algumas semanas de dedicação ou em cursos ministrados na esfera física. Quem concentra a atenção em reter na memória as experiências fora do corpo costuma causar bastante transtorno aos guias e aos mentores, ainda que não alcance plenamente o objetivo de recordar-se dos fatos quando de volta à vigília.

— É natural que os filhos da Terra tenham ansiedade em desdobrar, movidos pela curiosidade em ver mais claramente o panorama extrafísico, devassando-o de maneira mais apurada — falou um guardião superior que estava ali presente. — Levando-se em conta esse aspecto, pode-se compreender o anseio de muitas pessoas em sair do corpo, em viajar para fora de si a qualquer preço, sem antes empreenderem a viagem para dentro de si mesmas, como se fossem capazes, por meio daquele fenômeno, de perscrutar diretamente a realidade primitiva, original, sem intermediários. Contudo, diferentes fatores exercem grande influência sobre o que se vê e o modo como se percebe o que é visto. Entre eles, destacam-se a complexidade da vida extrafísica e a pluralidade da visão de tanta gente, decorrente da variedade de culturas espirituais, bem como as diversas interpretações a respeito da vida em nossa dimensão, mesmo entre espiritualistas. Além disso, deve-se considerar o fato de que o homem comum, para quem escrevemos, observa a realidade extracorpórea a partir de um contexto que produz certo grau de refração da luz espiritual, fenômeno que induz à ilusão dos sentidos. Em outras palavras, examinar o mundo sutil estando imerso no plano físico distorce, em maior ou menor medida, os objetos percebidos, devido à mudança do meio de propagação da luz espiritual.

— Do lado de cá da vida, além do véu que separa as dimensões, muito além dos complexos sistemas criados pelos homens e em contato direto com a realidade espiritual tal qual ela é, vemos as coisas de modo particularmente diferente, até mesmo no que tange a essa ansiedade de muitos espiritualistas em ser projetados de forma consciente do lado de cá. Muitos leem sobre os desdobramentos nos livros psicografados, mas nem ao menos interpretam o que está escrito adequadamente. Diante de qualquer relato, concluem que, ao voltar ao corpo físico, o sensitivo guarda lembrança total do que ocorre na esfera extrafísica. Entretanto, via de regra, descrevemos os diálogos ocorridos do lado de cá; afinal, os livros relatam ações de determinados agentes dotados de lucidez extrafísica. De forma nenhuma atestam que, ao despertarem para a vigília, estes guardam recordação de tudo ou sequer da maior parte do que viveram do lado de cá — falou um amigo espiritual.

— Creio que o problema é um misto de interpretação equivocada e de fantasia criada a partir do que é lido. Sinceramente, noto que certo número de amigos da esfera física não lê de maneira a apreender o sentido das palavras ou do que diz o autor espiritual. Urge dedicarem-se a um curso de interpretação de textos, até porque a imaginação fértil alia-se à deficiência em compreender o que leem. Por isso, em dada ocasião, um amigo da vida espiritual sugeriu que os médiuns, antes de desenvolverem suas faculdades, deveriam estudar o idioma português — ele se referia a brasileiros —, num programa que abordasse desde comunicação e redação até gramática e os demais aspectos da língua. Pregava tal medida a fim de favorecer não apenas o entendimento daquilo que lessem, mas, no caso dos médiuns, também como se expressam, seja por meio da escrita, seja da fala, durante o transe ou não — acrescentou um espírito mais ligado às questões de literatura e linguagem e menos aos fenômenos psíquicos em discussão.

— Médiuns há que se complicam quando intentam transmitir o pensamento dos espíritos, tanto pela psicografia e pela psicofonia como por meio de relatos do que percebem em desdobramento. Não raro, confundem-se e falta-lhes articulação para interagirem com seus pares; expressam-se mal, ouvem mal e, desse modo, fomentam um dos maiores problemas da atualidade, que é a má comunicação. Por que o resultado seria diferente ao exprimirem o pensamento dos imortais e a realidade do panorama extrafísico? À parte as limitações inerentes tanto ao exercício das faculdades psíquicas quanto às próprias percepções — quer sejam estas reais ou imaginárias, quer sejam fidedignas ou distorcidas pela interpretação pouco ilustrada —, a realidade extrafísica é todo um universo muitíssimo diferente, na sua constituição e também na forma como se manifesta à visão dos encarnados. Assim sendo, soma-se outra barreira, relacionada aos recursos de linguagem, à dificuldade natural de descrever todo um contexto diverso daquele de onde se habita. Essa barreira não se restringe apenas ao vocabulário pobre e à pouca desenvoltura ao manejar o idioma e as ideias — lacunas já suficientemente sérias —, mas abrange algo bem mais grave, que é o menosprezo quanto à importância desse elemento na prática mediúnica. Torna-se, portanto, um problema de difícil solução, uma vez que a instrução e a aquisição de repertório na área são vistas como secundárias, quando não irrelevantes. Mais: atributos essenciais à boa comunicação, tais como clareza, precisão, coesão, atenção aos detalhes, análise e apreensão do conjunto, entre outros, em vez de serem perseguidos, são vistos como capricho. Conclui-se ser necessário atacar primeiro a concepção mesma do que é desempenhar a mediunidade para, só então, sanar os severos obstáculos citados.

"No que concerne a quem ouve ou lê relatos desse caráter, a compreensão fica muito prejudicada, uma vez que o leitor ou ouvinte não conhece o pensamento do espírito comunicante e, menos ainda, as sensações e as percepções experimentadas pelo próprio médium. Aí está o cerne dos problemas de comunicação nessa arena, fato que reclama revisão de conceitos e investimento por parte dos sensitivos que pretendem abordar a vida espiritual com as parcas habilidades psíquicas à disposição da esmagadora maioria. Urge aprender a se comunicar, a expressar as próprias ideias em palavras inteligíveis, antes mesmo de tentar exprimir o pensamento dos imortais e descrever a dimensão que paira além dos limites estreitos da matéria."

Todos se entreolharam e entenderam muito bem o que o espírito escritor quis dizer.

— Acredito que todos enfrentamos o mesmo gênero de desafio no que tange aos encarnados. Além do mais, apesar de muitos lerem boa parte do que enviamos desde o lado de cá para a dimensão física, é natural que interpretem o que leem e ouvem de acordo com sua visão pessoal, sua cultura espiritual e suas crenças. Talvez seja um problema de demorada solução, pois demandaria que as pessoas almejassem e se dedicassem a aumentar sua cultura. Por ora — prosseguiu o elevado amigo espiritual —, continuemos enviando as informações. Em breve, a Terra será sacudida pelos ventos do progresso, mas, também, por vendavais que se fizerem necessários à reorganização do planeta. Durante os desafios que nossos amigos encarnados enfrentarão nas sociedades onde vivem, o livro, as informações espirituais, quer bem quer mal-interpretados, constituirão verdadeiro farol a guiá-los pelas sombras da ignorância. Aliás, precisamente, a maior fonte de conhecimento e de cultura espiritual — ou seja, o livro em si — será alvo das forças antagônicas ao progresso, pois a cadeia de distribuição, que favorece o acesso do público a bem tão importante, será severamente abalada. Muitos amigos encarnados não atinaram, ainda, que vivemos em plena guerra espiritual. Numa época com essa característica, qual elemento é alvo das maiores investidas do inimigo? Ora, a comunicação, o livro, as ideias de espiritualidade. Controlar esse aspecto é vencer impedindo ou atrapalhando a formação de indivíduos conscientes e capazes.

Assim se expressou Pai João perante o grupo de espíritos amigos ali reunidos, entre eles, médiuns desdobrados e projetados na dimensão astral próxima à Terra.

Complementando a fala, o pai-velho continuou:

— Eis que nosso ponto de vista pode, em alguns casos, parecer oposto à visão e às opiniões de diversos filhos da Terra, porém, procuraremos ampliar um pouco mais as informações que transmitiremos, com detalhes que favoreçam um entendimento mais amplo por parte dos filhos da Terra, esclarecendo nossas posições.

Corpulento e ereto, Pai João mirava, com seus olhos amendoados, a plateia ali projetada em corpo astral, deixando que outros se expressassem, conforme as necessidades de cada um. Diante das palavras do pai-velho, no entanto, nossos amigos encarnados em desdobramento sentiram-se acanhados, gerando certo silêncio no ambiente espiritual.

Ao notar essa reação na pequena plateia, o bom ancião, que conservava nas feições espirituais a roupagem de sua última experiência terrena, ergueu os olhos na direção de outro espírito amigo. O velho cacique dos tupinambás tomou a palavra e falou pausadamente aos amigos projetados em nossa dimensão, porém, com bastante vigor na expressão e dotado de um magnetismo todo peculiar. Sabendo que mais de 90% deles não se recordariam plenamente de suas palavras, mas guardariam na memória espiritual o sentido e as impressões do que estava prestes a transmitir, o velho cacique tupinambá comentou:

— Mesmo que o ponto de vista de alguns de nós seja dilatado, devido à compreensão adquirida do lado de cá da vida e ao longo das inúmeras experiências pretéritas, não entendam que decretamos verdades definitivas. Tanto quanto puderem, questionem, perguntem, estudem; abram a mente a fim de ver além das próprias doutrinas e crenças. É preciso ter sentidos ampliados para perceber a grandeza da vida exuberante que transcende os limites estreitos da realidade humana. Pretendemos retomar antigas observações, reunindo as impressões de diversos seres de nossa dimensão e dando-lhes enfoque unificado, no intuito de simplificar a abordagem de assuntos relacionados ao preparo de agentes e, assim, capacitá-los ao trabalho em desdobramento durante o processo de reurbanização ora em curso.

— Essa forma de ver as questões do mundo espiritual é um jeito todo particular dos espíritos de nossa equipe — falou Pai João novamente. — Portanto, convido todos os que nos ouvem e os que nos lerão as palavras a enfocar certas peculiaridades ou realidades da vida, tal qual ela se apresenta à nossa visão espiritual, tal qual ela se expressa em toda a criação. De maneira inversa àquela que muitos esperam, começaremos nossa jornada a partir de dimensões mais acanhadas, mais próximas da vida material, como a concebem no mundo físico. À medida que ampliarmos a visão acerca dos elementos celestes, abriremos o entendimento às questões mais amplas da vida universal.

Antes de terminar a conversa, Pai João estendeu a oportunidade a outro companheiro espiritual, que preferiu modificar a aparência externa a fim de não ser reconhecido ali pelos médiuns desdobrados. Também modulou a voz, de tal sorte que não pudesse ser identificado, pois, caso contrário, talvez interferisse no aprendizado das pessoas ali presentes e, até, futuramente, na edição da narrativa que aquelas experiências gerariam.

— Bem, meus amigos, meus queridos, o mundo espiritual é muito mais amplo do que o conhecimento acumulado a respeito dele nos últimos 150 anos. Há muito mais coisas a serem descobertas do que existe em matéria de certezas sobre o assunto. Na dimensão onde nos encontramos, descobrimos, depois da morte, que a linguagem humana é muito limitada quando se trata de expressar a variedade dos fenômenos espirituais, não obstante muitos julguem deter o saber maior e mais amplo, jamais dado à humanidade. Mais ainda, quando aqui aportamos após a grande viagem da alma, boa parte dos nossos posicionamentos — que, durante a vida física, eram tidos como verdades quase absolutas — sofre severo questionamento íntimo. Muitas mensagens, outrora transmitidas através da nossa própria mediunidade, são alvo de reconsideração e revisão. Concluímos que, por mais aguçada que seja a visão espiritual de alguém, toda a santidade imputada a luminares reencarnados da imortalidade consiste tão somente em devoção e crença de seus seguidores. E convicções sobre a elevação de quem quer que seja não o habilitam a dar a última palavra em termos de espiritualidade. O plano do espírito é bem mais amplo do que qualquer médium possa, em qualquer tempo, expressar através de seus restritos dotes e habilidades psíquicos. Em resumo, não existe ponto final no que tange ao conhecimento da vida fora da matéria.

"Do lado de cá, e somente vivendo como espíritos, é que percebemos quanto as coisas que conhecemos da vida astral — ou do invisível, como muitos denominam a vida fora da matéria — transformam-se, ampliam-se e se revelam em sua verdadeira exuberância."

A plateia ali presente, composta por espíritos das diversas dimensões, embora não pudesse divisar a forma conhecida de quem se pronunciava, ao menos percebia a grandeza do ser encoberto pela aparência disfarçada, recurso ainda necessário.

— Tudo se transforma perante nosso olhar quando já sem os limites impostos pela matéria. Tudo se manifesta de maneira mais vívida sem os embaraços decorrentes das barreiras religiosas e dos dogmas aos quais nos afeiçoamos durante a vida física e o caminho trilhado na busca por espiritualidade. A realidade é transubstanciada pela visão não mais sujeita a fronteiras tão estreitas e ao maia, a ilusão dos sentidos e das crenças. De posse de uma percepção menos sujeita a distorções, tudo se modifica, desde as interpretações acerca dos aspectos ligados à matéria — e das esferas que lhe são contíguas — até sobre os elementos celestiais, de mundos superiores, os quais são desmistificados no confronto com os fatos. Urge ampliar e encarar o lado oculto da luz, tanto quanto o lado desconhecido da escuridão. Isso soa paradoxal, eu sei, mas são assim mesmo a criação e a vida universal. Trabalhar os conceitos a respeito da vida extrafísica: eis uma necessidade premente.

Ciente de que seus interlocutores estavam cada vez mais absortos, o espírito amigo concedeu um tempo às pessoas para que assimilassem o que dissera e, logo depois, continuou:

— Há necessidade dos contrastes nas dimensões próximas à Crosta, a fim de que se tenha uma ideia a respeito dos valores mais expressivos do espírito, bem como das regiões celestes, superiores. A luz, seja espiritual seja material, só pode ser apreciada como tal mediante o contraste, que lhe realça os contornos. A sombra ou escuridão não tem conteúdo apreciável por si só, uma vez que é apenas a ausência da luz. Essa realidade meus irmãos já conhecem. Portanto, quando defendemos estudar a realidade que se oculta na escuridão, queremos falar apenas de vibrações, de um panorama que realçará a luz espiritual e os valores do espírito. Não pretendemos que nossos amigos mergulhem suas almas numa escuridão interna indevassável, mas que estabeleçam os contrastes necessários para se iluminar, sem perder de vista a essência do universo, o qual se envolve em escuridão a fim de realçar o brilho das estrelas.

“Vejam agora que, nas dimensões de escuridão espiritual além das fronteiras da matéria, encontramos situações análogas às que descrevemos. Convém compreender esse fato e suas implicações ao abordarmos, nas incursões pelo panorama extrafísico, a realidade dos que sofrem, e mesmo a geografia e a ambiência dos planos próximos ao terreno. Os seres que vivem momentaneamente na escuridão são exatamente aqueles cuja visão espiritual está empobrecida e, em semelhante estado, não apreciam tampouco concebem certas vibrações. Sem a devida compreensão daquilo que nos cerca e da realidade íntima de cada um, sem a qual somos incapazes de apreender o que paira a nosso redor, não temos condições sequer de conhecer a estrutura espiritual de base, ou seja, a vida com suas nuances de criações mentais, emocionais e extrassensoriais. Muitos se encerram num estado de inabilidade espiritual, de incapacidade no que se refere à percepção de certas vibrações. Outros ainda, prisioneiros de uma crença de pretendida superioridade, consideram-se aptos a viver em contato com esferas mais amplas, com espíritos angelicais ou alienígenas, conforme a moda vigente dos mentores sobre-humanos.

"Com relação a esse aspecto, importa notar que o anjo ou o ser classificado como tal é visto assim apenas dentro do sistema de crenças de meus irmãos, e não na realidade espiritual genuína. Habituamo-nos, ao longo dos séculos, a interpretar os anjos como seres especiais da criação, que empunham espadas iluminadas e detêm poderes extraordinários e super-humanos. Contudo, a verdade é bem outra. As faculdades espirituais dos seres ditos angélicos, com efeito, ocultam-se de todos, pois que estão mergulhados na escuridão, assim como as estrelas do cosmo estão envoltas no frio do espaço e na escuridão sideral. As almas mais iluminadas permanecem discretas, apagadas, em meio às trevas, estudando, conhecendo e trabalhando, a fim de que a luz do princípio exploda e irradie, desde para a mônada sagrada e divina, adormecida no mineral, até para as inteligências envoltas nas brumas da ignorância, entre pântanos de dor e antros de sofrimento. Ali, sim, encontraremos os verdadeiros anjos, cobertos pelos mantos da escuridão, atuando em seu âmago para fazer a luz rebrilhar e se espalhar.

"Desse modo, o espírito que se imiscui na escuridão, que imerge nas regiões consideradas sombrias vê o lugar e a geografia de onde se aloja de maneira bem diferente daquela consagrada entre os irmãos que intentam se transformar em espíritos de luz; assim, diminui a própria capacidade perceptiva ao adensar-se e adequar suas habilidades à situação, ajustando-se à frequência vibracional da dimensão onde estagia. Para essas almas evolvidas, a escuridão é somente aparente, uma vez que trazem em si a chama eterna de um amor que tem o poder de desabrochar e se expandir. Penetram tais regiões, mas não perdem a luz que existe dentro de si, ainda que essa luz, por meio da qual veem, seja obscura nesses mundos sombrios.

"A riqueza da vida nesses ambientes de penumbra espiritual é tamanha que chama a atenção de cientistas do mundo invisível, que neles mergulham como num laboratório de experiências divinas e de uma ciência infinita. Ingressar nesse universo obscuro da realidade humana e adentrar as dimensões mais densas, estudando seus fenômenos mais intricados, equivale a embrenhar-se no magnífico laboratório da criação, entendendo suas origens, o mundo primitivo e original,[1] o início de tudo e de todas as coisas.

"Acima dessas vibrações, dessas paragens que muitos teimam em ignorar, o que existe tão somente são o desdobramento das estruturas encontradas nos ínferos abismos e o desenrolar dos fenômenos em esferas mais amplas. Constatação, aliás, que confirma o seguinte: o panorama observado no microcosmo é análogo ao que se vê no macrocosmo, conquanto tenhamos mais acesso ao mundo do micro, bem como maior acuidade de percepções em comparação àquilo com que contamos no âmbito macrocósmico. Em outras palavras, é forçoso reconhecer que estamos muito mais afinados com estruturas atômicas, espirituais, mentais e semimateriais do microcosmo, ou da escuridão, do que com complexidades do macrocosmo e de regiões distantes da espiritualidade. Afinal, para estas, nem sequer dispomos de instrumentos de

1. Cf. "Mundo normal primitivo". In: KARDEC, Allan. *O livro dos espíritos*. 2ª. ed. Rio de Janeiro: FEB, 2011. p. 122-123, itens 84-87.

observação adequados, tampouco de qualificação suficiente para desenvolver sentidos apropriados a sondar tais paisagens sublimes.

"Para finalizar, meus amigos, chegamos à conclusão de que há uma inter-relação entre o espírito e o ambiente onde transita. Tal relação é perpétua, interminável, e decifrável somente mediante o exercício da pesquisa, do conhecimento e da experiência. Não há como penetrar regiões superiores sem entender o funcionamento de regiões inferiores. De modo análogo, isso se aplica à realidade íntima de cada um de nós, ou seja, não há como crescer, evoluir, progredir sem conhecer o mundo interno, sombrio, tenebroso, nebuloso. Não há como escapar às leis e ignorar os seres e a estrutura do mundo inferior, onde habitamos, transitamos e vivemos, interna e externamente."

Após a introdução realizada por Pai João, o rcpre sentante dos tupinambás e o espírito de identidade preservada, eis que surgiu a vez de admirável parceiro da vida maior compartilhar seu pensamento com os que nos reuníamos ali.

— Quão proveitoso que estejamos aqui! — principiou o luminar vinculado à tradição umbandista, espírito responsável e dotado de visão bastante abrangente sobre os aspectos de espiritualidade conforme se ventilam no planeta na atualidade. — Noto uma necessidade comum aos que se filiam à fé espírita e aos que abraçam a identidade umbandista, além de membros de outros grupos, mas destaco escolas onde circulo com mais desenvoltura. Urge aprimorar a compreensão da parceria entre encarnados e guardiões, principalmente neste momento de reurbanização do ambiente extrafísico. Cumpre ampliar o horizonte de amigos umbandistas — e esoteristas, também —, aumentando e detalhando o conhecimento quanto aos processos de desdobramento lúcido e aos de natureza mediúnica, bem como abarcar, em nossas observações, outras questões que merecem ser exploradas pelos companheiros do mundo físico.

A luminosidade irradiada pela aura do nosso amigo Silva era notória. Quem o conhecera na Terra, quando encarnado, dificilmente seria capaz de reconhecê-lo, devido ao enorme salto que dera, em matéria de conhecimento, de visão de vida e de experiência, conquista possível somente após a transposição das barreiras da matéria, além da morte. Ante o comentário, tomou a palavra o velho chefe da nação tupinambá, que outrora se materializara na Terra, em existência pregressa, como o Cacique Seattle.[2]

— O trabalho em parceria com orientadores mais expressivos da espiritualidade, consoante à necessi-

2. O Chefe Seattle (c. 1786–1866) foi líder das tribos indígenas Suquamish e Duwamish, que habitavam o território hoje correspondente ao estado de Washington, no noroeste norte-americano e na fronteira canadense, cuja capital, Seattle, recebe o nome em homenagem ao ícone, alçado à popularidade ainda em vida. Grande guerreiro, foi convertido ao catolicismo por missionários franceses (https://en.wikipedia.org/wiki/Chief_Seattle). Personagem de outros livros de Ângelo Inácio, o velho chefe tupinambá é apontado como reencarnação do célebre cacique oitocentista pela primeira vez. Nessa perspectiva, é fundamental destacar que informações sobre a identidade pretérita de espíritos têm caráter mais de curiosidade que de relevância, até pela impossibilidade de serem confirmadas. Porém, nesse caso, a coerência entre as personalidades de ambas as figuras e a credibilidade da obra do autor espiritual motivam a publicação desta observação.

dade do momento vivido pelo planeta, guarda estreita relação com a ideia que espíritas e espiritualistas em geral têm a respeito da própria atuação mediúnica e das faculdades que julgam ter. É igualmente afetado pelas interpretações diversas que cultivam sobre nós, os que patrocinamos, em alguma medida, o florescimento das ideias do Cordeiro no mundo. Mesmo com todos os avanços, os livros, os estudos e as discussões que hoje existem sobre espíritos e guardiões, em benefício da humanidade, resta muito a ser entendido, reciclado e desmistificado.

"Concordo com o venerável Matta ao apontar a necessidade de esclarecimento acerca de nossas atividades do lado de cá da vida e, também, de enfoque nos desafios do médium, do sensitivo desdobrado. Hoje em dia, grande número de indivíduos permanece cativo da própria imaginação fértil ou, então, de um verniz de cultura sobre o tema, desprovidos que são de experiência genuína e vivência da realidade extrafísica. Há quem se arvore em detentor de missão ou mandato espiritual destacado, a respeito do qual, entretanto, nem ele mesmo tem clareza. Alguém diria que o que muitos querem são seus quinze minutos de fama transcendental. Por certo, convém rever alguns conceitos e enumerar os obstáculos existentes do lado de cá para quem pretende fazer parte deste exército de servidores e soldados de Cristo. Dessa forma, quem sabe, contribuiremos para maior conscientização de espiritualistas e religiosos, explorando aspectos daquilo que muitos, talvez, chamariam de iniciação espiritual, na companhia dos guardiões e dos espíritos que nos dirigem de mais alto."

Tupinambá, como escolhera ser conhecido, em meio a tantos outros espíritos que vieram consigo para as regiões espirituais do Brasil, vestia um traje de cor bege, uma espécie de manto que cobria seu corpo espiritual; trazia estampado em sua figura espiritual um misto de simplicidade, altivez e dignidade. Ereto, sem nenhum adereço que identificasse a procedência indígena, continuou a expressar seu pensamento, que refletia a posição da maioria dos espíritos ali reunidos com a finalidade de debater questões relevantes aos aprendizes de agentes das forças soberanas.

— Bem sei que, na atualidade, grande volume de

conhecimento foi difundido, a partir do plano astral, aos amigos espiritualistas. Contudo, ainda reina muita desinformação. Em certa medida, esta é acentuada por parte menos proveitosa da instrução, veiculada em modernas plataformas de comunicação na internet, a respeito da preparação de quem visa atuar como agente de transformação. Com efeito, o mergulho nas regiões sombrias será útil, a fim de examinar de modo mais acurado os processos da vida extracorpórea ali encontrados e as reações de agentes desdobrados, além de se desenvolver uma visão mais dilatada sobre o ambiente e a geografia astrais. Talvez esse seja um método desejável para que possamos propiciar mais notícias, despidas de fantasia, acerca da vida além dos limites da matéria, desconstruindo, assim, certos "achismos", sem agredir as crenças dos filhos da Terra.

Depois de ouvir ponderadamente a palavra de alguns outros representantes do pensamento espiritual, resolvi interferir, dando minha contribuição como estudioso dos aspectos em foco e de sua repercussão no atual estágio educativo dos povos do planeta.

— Particularmente, tenho me ocupado intensamente, amigos, com o processo de reurbanização extrafísica em andamento no planeta Terra, notadamente com a estrutura do pensamento que enviamos para o outro lado, visando à comunicação com o mundo físico. Do início dos anos de 1990 em diante, minha atuação nesse sentido, na companhia de outros amigos aqui presentes, tem se acentuado bastante. Como trabalho em conjunto com uma equipe numerosa, talvez por isso tenhamos alcançado algum êxito na modificação da mentalidade até então característica em diversas correntes de espiritualidade. Isso favoreceu o aumento da quantidade de pessoas conscientes e de agentes dos guardiões superiores, bem como de todos que querem se envolver mais diretamente e produzir resultados mais genuínos e ostensivos.

"Quem sabe, nesta nova empreitada, ao mostrarmos os percalços com que todos os agentes do bem se deparam na realidade do mundo extrafísico, possamos adentrar nova fase, em que os escritores consigam avançar de maneira expressiva no envio de novas informações aos que habitam o outro lado da barreira vibratória.

"É certo que encontraremos novos elementos que permitirão intensificar o processo de limpeza do umbral e o esvaziamento dos quistos de sofrimento e dos bolsões astralinos, cristalizados ao longo de centenas e centenas de anos e, em alguns casos, de milênios. É justamente nesses lugares onde se acham, ainda hoje, seres em profundo sofrimento, mas, também, portadores de grande ódio.

"Durante o tempo que me sobra entre um trabalho e outro, tenho visto a confusão causada pelas interpretações pessoais, sobretudo de determinados médiuns, dadas às verdades ventiladas a partir de nossa dimensão. Em meio a diversos grupos, e mesmo entre pessoas de bem, nota-se a disputa por adeptos à maneira que cada qual apresenta a mensagem de espiritualidade, a fim de vender mais produtos e, em suma, fazer mais seguidores. Segundo minhas observações, isso tem provocado, entre as pessoas que deveriam se unir, mais movimentação e menos construção espiritual genuína na Terra.

"De qualquer forma, viso apenas complementar as discussões e reiterar a necessidade de prestar esclarecimento aos representantes do pensamento de espiritualidade a respeito de nossas atividades do lado de cá e, também, sobre as minúcias desta realidade extrafísica. Quem sabe enviemos, desta vez, algo de compreensão ainda mais fácil, talvez numa linguagem mais simples, capaz de atingir médiuns e estudiosos de várias correntes do pensamento espiritualista. Isto é, o cerne da minha proposta consiste em não levar conteúdo de modo restrito a espíritas e umbandistas. Creio que devemos adotar uma comunicação o mais abrangente possível, afinal, queremos apelar a uma mentalidade mais ampla sobre espiritualidade, mais livre e independente, libertando os amigos no plano físico do encaixotamento mental inerente a diversas interpretações."

— Essas ideias remetem àquilo que falávamos em nossa cidade espiritual — interveio, mirando-me, Maria Escolástica, um espírito dos mais respeitados entre nós, ligado profundamente ao culto aos orixás, ao povo de santo. — Muitas práticas arcaicas, uma vez que ainda adotadas na atualidade, devem adaptar-se aos novos tempos, quer seja em meio a fiéis do candomblé, quer seja entre umbandistas e espiritualistas de modo geral, ao se administrar o conhecimento espiritual. Talvez precisemos de uma espécie de reforma entre os irmãos encarnados. É claro que falo assim de maneira figurada, mas é que há evidente cristalização em torno de preceitos antigos, ou apego a eles, quando o que carecemos, em caráter de urgência, é de expandir o horizonte e a compreensão de nossos representantes no mundo sobre as atividades desempenhadas nesta dimensão. Paradoxalmente, retomar o contato com a essência da filosofia e do saber de cada corrente religiosa é descobrir quão obsoletos certos ritos e hábitos são. O cerne da mensagem do Evangelho, por exemplo, condena o farisaísmo dos costumes arraigados e incita a realização de obras conscienciosas, tendo a fé como motivação. Até que surja um resultado apreciável, acredito que demandará o transcorrer de uma ou duas gerações no plano físico.

"Seja como for, sugiro que alguns de nós, dentro das possibilidades, tendo em vista as atribuições e os compromissos do lado de cá, possamos participar de uma caravana na Crosta, talvez acompanhando algum caso que esteja em tratamento nos nossos núcleos. Fazendo apontamentos, convém mostrar, mais por meio de situações concretas que em teoria, a necessidade de modernização de muitas das práticas de espiritualidade vigentes."

— Essa sugestão vem mesmo a calhar — Pai João tornou a falar. — Em função de certos projetos dos guardiões, temos notado grande potencial de auxílio em muitos filhos, seja em tarefas de assistencialismo extrafísico, seja em atividades de reciclagem de ambientes astrais. No entanto, por estarem absortos em processos decorrentes de uma interpretação mais material da realidade espiritual, esses amigos do plano físico se tornam quase desperdiçados. Dedicam habilidades e talentos a manifestações de religiosidade desnecessárias e arcaicas, às vezes, quase tribais, não raro apenas para satisfazer os próprios caprichos, associados atavicamente à história espiritual individual, de que ainda não se libertaram. Esclarecer e levar conhecimento prático talvez sejam meios adequados para destacar a necessidade de espiritualizar as religiões da Terra — se não as religiões, o que seria muita pretensão nossa, ao menos os formadores de opinião entre os religiosos. Isso favorecerá, sem dúvida, a disseminação da mensagem de espiritualidade no planeta.

— Nessa mesma direção — tomou a palavra outro amigo espiritual —, convém elucidar a correlação entre teoria e prática, associando cada tese a exemplos concretos, mostrando em detalhes como ela se aplica à realidade, sobretudo no que respeita a questões ainda não ventiladas abertamente por médiuns na Terra, as quais merecem atenção. Quem sabe possamos contribuir com o aprofundamento do conhecimento de quem assim o deseja, sem a ilusão de que agradaremos a qualquer segmento religioso da atualidade.

A reunião prosseguiu por algum tempo mais, apenas o suficiente para identificar os sensitivos que participariam conosco da jornada, em desdobramento. De minha parte, fiquei apenas observando, embora ambicionasse ampliar as informações e as sugestões sobre os temas a serem enfocados. Assim decidido, partimos para a ação.

E conhecereis a verdade, e a
verdade vos libertará.

JOÃO 8:32

CAPÍTULO 2

AGENTES DA TRANSFORMAÇÃO

arte da equipe se preparava para consultar, nos arquivos do mundo invisível, as fichas de trabalho de quem se posicionara como agente dos guardiões, as quais registravam dados como o engajamento e o leque de aptidões e inclinações de cada um. Enquanto isso, alguns de nós nos acercamos de um vigilante, um especialista dos guardiões, pois junto dele pretendíamos tratar de certos assuntos com médiuns projetados, naquele momento, em nossa dimensão.

Muita gente que acionaríamos para o treinamento havia se prontificado ao trabalho durante o Encontro Mundial de Guardiões da Humanidade realizado em 2018. Outros que, antes do evento, já haviam manifestado o desejo de auxiliar-nos nas tarefas de reurbanização extrafísica pouco depois se desligaram vibratoriamente, preferindo um caminho alternativo e, quem sabe, que envolvesse menor responsabilidade. Assim, distanciaram-se emocional e fluidicamente após os arroubos passageiros do emocionalismo.

No total, tínhamos mais de setecentos nomes à disposição no plano físico, em meio aos quais se detectara largo potencial e em cujos corpos espirituais se efetuaram determinados ajustes vibratórios, visando ao envolvimento com as tarefas dos guardiões. Lamentavelmente, boa parcela desse contingente dera um passo atrás e se distanciara após perceber que nada se conquistaria de forma rasa, sem estudo, dedicação e envolvimento verdadeiro. Entre os que ficaram, os que se dispuseram a servir e a se entregar ao processo de intensificação das habilidades seriam pouco a pouco integrados ao trabalho. Passariam, também, por cursos específicos e por processos de psicoterapia, todos em nossa dimensão, promovidos pelos guardiões e por peritos na área psicológica. As estimativas davam conta de que, transcorridos mais um ou dois anos, muitos desses agentes da justiça divina já poderiam se ver efetivamente atuantes. Contudo, não alimentávamos ilusões, pois nossos amigos encarnados, em sua maioria, ainda não haviam se decidido de modo definitivo nem avaliado por completo a natureza das atividades de renovação planetária, tampouco as implicações desta hora. Isso demandaria tempo — muito embora tempo fosse algo escasso, pois os eventos de ordem escatológica já estavam em pleno curso.

Inicialmente, o vigilante que nos alertava resolveu fazer um preâmbulo direcionado especialmente a vinte outros médiuns convidados, que compareceram por iniciativa de seus mentores particulares, a fim de conhecer a natureza do trabalho feito pelos guardiões, uma vez que já haviam se integrado a atividades diversas no astral, porém, de outra espécie.

— Meus caros amigos, os vivos da imortalidade tanto quanto os que ainda vivem na dimensão mais próxima à nossa! É imperioso que saibam da urgência da hora no que tange ao ciclo atual da história terrena. Observam-se eventos em toda parte, na América Latina, no Oriente Médio, na Europa e na América do Norte, mas não apenas aí, muitos dos quais ainda permanecem desconhecidos do público e são mantidos assim por governos e por uma mídia que vendeu seu silêncio.

"Consideramos este momento como uma última chance. Dispomos de pouco tempo antes que os ventos da Terra sejam soltos e não mais contemos com os recursos e as facilidades que ainda nos são facultados, não obstante sejam poucos os que prosseguem firmes no compromisso assumido, fiéis ao grande chamado feito pelos guardiões planetários. Nesse contexto, nossas palavras são dirigidas aos que têm se preparado, aos agentes dos representantes da justiça, e não a todos, indistintamente. Não; somente aos que se decidiram e se definiram como agentes das forças soberanas nesta última hora que precede os eventos finais,[1] aqueles que marcam o novo ciclo, uma era nova."

Quase interrompendo o preâmbulo do sentinela dos guardiões, um amigo tomou a palavra, projetado em nossa dimensão enquanto seu corpo repousava no leito doméstico, ao longe.

— Vocês ficaram de nos apresentar alguns con-

1. Cf. "Juízo final". In: KARDEC, Allan. *A gênese, os milagres e as predições segundo o espiritismo*. Tradução de Evandro Noleto Bezerra. Rio de Janeiro: FEB, 2011. p. 507-511, cap. 17, itens 62-67.

selhos, nobre sentinela — lembrou Heitor —, em relação às responsabilidades assumidas perante os guardiões. Serão dados agora ou durante o período em que faremos a incursão às regiões inferiores, da qual soubemos anteriormente? Pergunto porque estamos, de certa forma, ansiosos por diretrizes mais claras, principalmente ligadas a nosso comportamento, como agentes, e aos meios de encarar a responsabilidade a nós confiada.

Mostrando um leve sorriso no rosto, embora sua postura altiva lembrasse a de um militar, o sentinela respondeu com relativa tranquilidade:

— Claro, claro! Naturalmente traremos conselhos, observações e — por que não? — alguns direcionamentos dados por Jamar, Watab e outros guardiões superiores. Temo, porém, que possam soar um tanto duros, até mesmo rígidos ou severos demais, decerto destoantes do modo como os mentores tipicamente dão indicações para a caminhada espiritual de vocês. A propósito, convém esclarecer desde já, amigos e parceiros, que a linguagem adotada pelos guardiões difere muito daquela que mentores particulares costumam usar. Uma vez que lidamos com perigos extremos, com forças antagônicas ao progresso do mundo e com sistemas de poder voltados exclusivamente a pôr fim aos projetos do Cordeiro, nosso ofício nos faz diferentes nesse aspecto. Falamos a soldados de Cristo, e não a pessoas que tão somente caminham pelo mundo, nem a devotos ou beatos que facilmente se melindram, tampouco a indivíduos habituados a palavras recheadas de permissividade, liberalismo ou zelo excessivo pelos brios alheios.

— Ou seja, vocês não acobertam nossos erros nem se condoem ante nossas susceptibilidades — sintetizou um dos nossos amigos desdobrados fora do corpo.

— Exatamente — falou o sentinela. — Agir de outro modo não condiz com o método dos guardiões. No primeiro momento da trajetória espiritual, cada um de vocês recebeu as palavras dos mentores, que deram a todos a chance de se melhorarem gradualmente. Os luminares da Vida Maior empregam metodologia muito particular, visando evitar confrontos desnecessários, tendo em vista os tipos psicológicos específicos de quem chamaram para a obra. Contudo, diante do gênero de embate que caracteriza o trabalho dos guardiões, não haveria sentido em lançar mão daquele mesmo estilo de comunicação. Não estamos aqui para lidar com as sensibilidades humanas exacerbadas, nem com os melindres tão comuns àqueles que esperam indefinidamente pela solução dos problemas sem que eles próprios empreendam as mudanças necessárias. Não nos dirigimos a quem se ressente de coisa insignificante, mas aos soldados de Cristo, convocados à devida preparação a fim de se tornarem agentes de sua justiça.

"Sob essa perspectiva, saibam que somos todos aprendizes dos guardiões, e não pessoas cativadas pelo êxtase fenomênico, nem sequer pelo fervor da vida espiritual, não raro recheada de fantasia e emocionalismo segundo a ótica que rejeitamos. Convém lembrar que estamos em meio a uma guerra. Mesmo sendo de ordem espiritual, já estará perdida se porventura for enfrentada somente com palavras, pregações comoventes e frases bonitas, descuidando-se do preparo dos soldados envolvidos na batalha, devido à falta de ações resolutas e posturas determinadas e definidas. Por outro lado, quando se encara a luta com visão clara da realidade que a cerca, com fidelidade às diretrizes de segurança estudadas e formuladas por aqueles que nos direcionam, garante-se o êxito da missão."

Observando a reação dos ouvintes — encarnados em desdobramento e desencarnados —, Elias, o sentinela que nos falava, deu ênfase às palavras proferidas a partir dali, que eram o cerne da mensagem a ser comunicada.

— Quero comentar certos fatos que, com frequência, geram grande confusão ao terem sua origem tomada como de caráter espiritual. Abordo o assunto como pano de fundo para as diretrizes de segurança que se seguirão.

"Os candidatos a agentes das forças renovadoras do planeta devem se atentar às questões energéticas, principalmente aquelas ligadas à sua realidade mais próxima. Boa parte dos obstáculos que nossos aliados enfrentam no plano físico, ou mesmo quando desdobrados nesta dimensão, guarda estreita ligação com o aspecto magnético, pois nem todo fenômeno é de ordem espiritual, conforme muitos insistem em acreditar.

"Fruto da ação da mente, seja de seres extrafísicos, seja daqueles imersos na realidade material, formas-pensamento doentias são criadas e mantidas nos lares em geral. Costumam se agregar a fluidos tóxicos, impregnando objetos pessoais e deles se irradiando. Ao agente dos guardiões é necessário saber observar, identificar e lidar com essa cúpula energética que impregna o ambiente doméstico, a começar do próprio lar. Essa abóboda, resultante de fatores como conflitos emocionais e traumas individuais, costuma atrair, magneticamente, entidades desorientadas e, até mesmo, espíritos de caráter desarmônico mais profundo. Esse quadro pode comprometer imensamente o trabalho, principalmente se o habitante desse lar estiver ensaiando os primeiros passos da projeção lúcida em nossa dimensão. Eis a razão pela qual é de extrema importância que todos vocês sob nossa tutela conheçam de maneira profunda as leis do magnetismo, tanto quanto do mentalismo. Somente assim poderão romper a redoma erguida no ambiente doméstico e a barreira oferecida pelos objetos impregnados da mesma qualidade fluídica. Caso contrário, facilmente poderão mergulhar, em caráter temporário, em imagens mentais geradoras de diversas psicopatologias energéticas, embrenhando-se em formas-pensamento que gravitam ali. Esse fenômeno causa falsas impressões, que por reiteradas vezes são confundidas com vivências extrafísicas."

— Essa abóbada energética — perguntou um amigo espiritual — poderá influir na mobilidade ou noutros aspectos do agente desdobrado quando estiver em atividade nesta dimensão? Poderá, por exemplo, influenciar a capacidade de retenção das lembranças no cérebro físico quando o animista voltar para o corpo?

— Com absoluta certeza! Aliás, como as cúpulas se originam a partir de formas-pensamento, adquirem propriedades não apenas patológicas, mas grupais. Isto é, podem ser vistas pairando sobre edifícios inteiros, áreas industriais, repartições públicas e lugares onde pessoas se concentram. Uma vez ingresso na realidade extrafísica, o animista está sujeito a se deixar afetar pelas imagens que constituem essa espécie de aura energética. Quando retorna ao corpo, ocorre frequentemente que o conteúdo daquelas formas mentais lhe impressione o cérebro de modo mais intenso que as vivências e as tarefas realizadas deste lado. Eis por que, repito, é imperioso conhecer as leis e as técnicas do magnetismo animal, a fim de que o parceiro desdobrado possa se liberar de tais efeitos indesejados. É precisamente por causa de questões assim que nossos orientadores exigem que cada um estude sempre, mesmo que alguém porventura se julgue conhecedor.

"Esse fenômeno ilustra uma das razões pelas quais, para nós, os guardiões, a vida espiritual não se atém à vida religiosa, pois transcende essa esfera e abarca todo e qualquer aspecto do dia a dia, desde o simples dever para com a família ou o próximo, as questões da comunidade, o trabalho e o relacionamento afetivo até as mais abrangentes áreas, incluindo a realidade além-física, que é apenas o prosseguimento daquilo que os olhos veem, que se experimenta em vigília. Já de início me referi às formas-pensamento como maneira de deixar claro que as vivências extrafísicas são reflexo do cotidiano, e este é muito afetado pelo que se faz quando da emancipação da alma.

“Assim sendo, os conselhos e as advertências que trago em nome dos guardiões superiores se estendem a todos os que militam na busca de espiritualidade; não se restringem aos que desempenham uma atividade de esclarecimento, em várias dimensões da vida, ou aos agentes de transformação e segurança planetária num mundo em transição. É claro: existem aqueles tão preparados, tão seguros que nossas observações não se aplicam a eles. Caso nossas palavras soem severas em algum momento, será porque nos dirigimos a vocês, agentes de um orbe em fase de renovação, e não a outros; falamos a quem é soldado dos guardiões e, por isso mesmo, não tememos interpretação indevida.

“Em nossa avaliação, o grosso dos espiritualistas faz apologia de palavras sutis, cujo conteúdo é excessivamente religioso e meigo, quando não piegas, e de conselhos morais e evangélicos que eles próprios não são capazes de viver nem testemunhar. Quem é forjado nesses moldes provavelmente terá dificuldade em entender o relacionamento direto e firme entre guardiões e seus agentes. Em suma, segundo percebemos, pisar em ovos com amigos é mais que insensatez; é perda de tempo e energia, ambos recursos muito escassos.”

Mirando nosso amigo de longa data, desdobrado em nosso meio, Elias continuou:

— Nem mesmo entenderão nosso relacionamento contigo e com os demais amigos que o acompanham no trabalho de desdobramento — afinal, somente nesta existência corpórea já se contam mais de 40 anos consecutivos de contato e treinamento militar. Sim, serviço militar, porque somos agentes da justiça divina e, portanto, não ocupamos o papel de mentores, conforme espiritualistas os definem. Dirigimo-nos a quem está mergulhado no processo de resgate e reeducação de espíritos, executando a reurbanização extrafísica; ou seja, aos que já têm consciência suficiente para não mais se filiarem a cursos infantis de religiosismo. Muito embora estes sejam comuns e ainda necessários, são completamente dispensáveis para vocês — falou, agora fitando a agente desdobrada Irmina e um pequeno grupo seleto —, que são os responsáveis pelos grupos de estudo ao redor do mundo, sobretudo nesta etapa de trabalhos árduos e sem descanso.

“Nossas palavras procuram condensar aquilo que lhes transmitimos ao longo dos anos: advertências, conselhos de amigos, de quem lhes quer bem e os ama, muito embora não sejamos dados a demonstrações de sentimentalismo. Falamos — e, pessoalmente, falo — de um soldado de Cristo para outro. E o general a quem servimos não nos dá trégua na batalha em prol de um mundo que estampe melhor os valores dele, tal como os inimigos ocultos também não descansam jamais de suas maquinações. Que a força de nosso comandante, Miguel, fortaleça a todos e transforme suas vidas a fim de servirem melhor e com mais satisfação.”

Respirando fundo, após contextualizar o que dizia, o sentinela continuou, como porta-voz de Watab, que o incumbira de transmitir recomendações aos aprendizes de agentes da justiça:

— Quando Jamar assim prescreveu: “Mantenham um olho fechado enquanto o outro está aberto, vigiando, pois nunca estão a sós e nunca estarão de férias. Vocês são soldados do bem; jamais se esqueçam disso”, ele considerou que essa advertência, claramente, não se aplicaria a todos, nem mesmo aos cristãos e aos espiritualistas de modo geral, muito menos ao homem comum. Trata-se de uma diretriz válida para quem — e somente a quem — está envolvido de maneira consciente, plena e incessante nas atividades dos guardiões superiores.

"Lembrava ele: nunca se descuidem de que há sempre, sempre, uma nuvem de testemunhas a seu lado. Mais: ao contrário do que creem as pessoas que buscam uma espiritualidade superficial, quem está a serviço dos guardiões não está imune a ataques energéticos, espirituais e físicos. Ao contrário, como são embaixadores de um sistema superior, que, muitas vezes, é adjetivado como divino, tornam-se alvo das forças antagônicas ao progresso e à política do Cordeiro.

"Assim, estar com um olho fechado e outro aberto, nesse contexto, significa manter-se constantemente vigilante. Isso tanto ante os inimigos internos, que não dão tréguas, quanto perante os adversários do bem, principalmente os invisíveis, que jamais, em tempo algum, esquecem que vocês personificam uma força a qual eles não podem derrotar, uma vez que não dispõem de ferramentas nem de armas eficientes com as quais combatê-la; tampouco detêm condições espirituais capazes de estancar o fluxo de progresso, ao qual terão de se submeter, por imperativo da lei que a tudo governa e conduz. Como não lhes é dado se opor indefinidamente à dinâmica da vida e ter êxito em sua batalha inglória, os seres que os espiam e os perseguem — porque ficam aturdidos com as iniciativas da justiça — lançam mão, sem pudores, de todo expediente a seu alcance, valendo-se de familiares, amigos, afetos e ofertas que nublam temporariamente os sentidos de vocês. Empregam meios emocionais, energéticos, sensoriais e sociais ou relacionais; usam a hipnose dos sentidos, cativando-os na dependência das redes sociais, entre outros exemplos. Fazem tudo no intuito de atingi-los, dissuadi-los e atrapalhar ao máximo a dedicação ao compromisso que vocês assumiram em nome da civilização terrena, causa a que servimos neste momento histórico ímpar pelo qual passamos em âmbito planetário."

Todos estávamos atônitos, absortos no fluxo de pensamento do sentinela enviado pelos guardiões superiores, o qual descerrava, diante de nós, a natureza dos compromissos que todos assumíramos. Fitando a plateia, arrematou:

— Sob essa ótica, sempre que mantiverem um olho fechado, abram o outro, pois, ao desempenharem o papel de agentes da justiça e da segurança planetária, representando os guardiões, saibam que nunca estarão sozinhos. No entanto, justamente por serem embaixadores de um poder soberano e da política divina, despertam a cobiça dos adversários, que desejam influenciar, interferir, modificar o curso do trabalho e atrasar quanto puderem toda etapa da obra de reurbanização, relocação e limpeza dos ambientes mais densos nas regiões inferiores. Além disso, procuram insuflar ideias a fim de lhes distrair, quiçá fazer com que se percam na caminhada. Reitero: não estão sozinhos nesta luta, pois os guardiões estão a postos para defender vocês cá na plateia, daqui até o mundo físico, numa proporção de no mínimo quinze para cada um dos que intentam derrubá-los.

As palavras finais do sentinela tiveram bastante impacto sobre os agentes desdobrados em nossa dimensão. Ao mesmo tempo, davam sentido a tudo e explicavam muito do que haviam enfrentado nos últimos episódios de suas vidas.

— Mas lembrem: não podemos fazer nada se vocês não nos derem a permissão e não colaborarem. Não nos é dado forçar absolutamente nada; não impomos nossa presença nem nosso apoio, tampouco insistimos além do suficiente, de maneira discreta.

"Cuidado, portanto, com convites aparentemente revestidos de bons propósitos, mesmo aqueles que guardem alguma relação com espiritualidade e religiosidade. Por meio de certas propostas e ofertas, os inimigos espirituais permanecem à espreita. Quando vocês menos esperam, eles usam os afetos mais íntimos, os familiares, os parentes e os conhecidos — além dos contatos virtuais, é claro — para multiplicar anseios e manipular emoções. Muitas vezes, durante esse processo, vocês ainda podem conservar a ilusão de que apenas desempenham o papel social que lhes cabe, dando atenção a questões comuns do cotidiano. Não se descuidem jamais, pois estão em meio a um campo de batalha espiritual. Jamais se esqueçam dessa realidade.

"Com isso, não queremos dizer que não possam

usufruir de determinadas questões próprias do relacionamento humano sadio. Contudo, devem ficar atentos e confiar menos na intuição, que pode falhar inúmeras vezes, principalmente sob influência do fator emocional, que vocês julgam dominar.

"Vocês são soldados a serviço de Cristo; nunca percam de vista esse fato. Estão em meio a uma guerra espiritual, lembrem-se sempre. Ajam, portanto, de acordo com essa realidade."

Elias concluiu sua advertência e logo se retirou, pois era preciso se dedicar aos procedimentos para a excursão que visava, justamente, ao preparo de determinado agente.

Um dos médiuns desdobrados virou-se para o lado, onde se assentava Irmina Loyola, e falou baixinho, esperando que somente ela o escutasse:

— Esse cara é durão, né? Não se parece em nada com nossos mentores nem com o discurso que ouvimos deles...

Fixando-o com um olhar fulminante, a experiente animista respondeu:

— Ah! Meu amigo... nem todos os mentores tem colhões! Aliás, é por isso mesmo que se vê tão grande número de pessoas tão infantis, especialmente médiuns e espiritualistas, na maioria tão mal-resolvidos com suas questões íntimas e tão distantes da realidade. Deus me livre dos mentores de vocês! Eu prefiro lidar com a realidade nua e crua, com gente que não me passa a mão na cabeça, assim como, entre os companheiros de trabalho, com quem não se melindra nem se sente mortalmente ofendido só porque se falou a verdade, que querem evitar a qualquer custo.

O rapaz a olhou meio assustado, e então Irmina perguntou, sem titubear:

— Você deve ser brasileiro, né?

Meio gaguejando, o rapaz desdobrado respondeu:

— Sim...

Ela mediu-o de cima a baixo, com uma expressão indecifrável, e acrescentou:

— Gente melindrosa tem indicação de procedência estampada na testa... — e levantou-se sem dar maior atenção ao rapaz, que ficou sentado, sem reação e sem entender absolutamente nada da atitude de Irmina Loyola.

Em seguida, ela pôs-se a caminhar, passos firmes, sensual, sem olhar para trás nem para ninguém. Quem a observasse de frente veria seus olhos revirados; quem pudesse ouvir seus pensamentos decerto captaria algo assim: "Esse não ficará muito tempo no trabalho dos guardiões. Coitado, vai precisar sofrer um pouco mais antes de curar-se desse melindre tropical...". E foi-se, desvanecendo-se à frente de todos, para acordar no corpo físico, que repousava muito além, a fim de reassumir suas funções entre os humanos corporificados no mundo.

Eu para isto nasci, e para isto vim ao mundo, a fim de dar testemunho da verdade. Todo aquele que é da verdade ouve a minha voz. Disse-lhe Pilatos: Que é a verdade?

JOÃO 18:37-38

CAPÍTULO 3

ENTRE MUNDOS

ois espíritos surgiram na periferia da cidade, em determinado ponto onde havia uma concentração de energias e pensamentos anormal para a região. Eram espíritos aparentemente comuns, no entanto, o magnetismo irradiado de suas auras fazia tremerem os espíritos mais bisonhos que rondavam pelo bairro daquela cidade dos homens.

Um deles, mais alto, porte robusto, lembrava um índio norte-americano com idade pouco inferior a 50 anos talvez. Tinha feições fortes, traços marcantes, boca grande, cabelos escuros acima dos ombros. Caminhava imponente, com a altivez de um guerreiro mítico — de um deus, alguém diria — ou de um soldado do astral preparando-se para a marcha. O outro era negro, cabelos curtos e brancos, barba bem-feita, também branca. Emanava doçura e, ao mesmo tempo, determinação no olhar.

Miraram uma construção singela,

poucos quilômetros a oeste de onde estavam, em cujo topo uma bandeira colorida balançava ao sabor do vento. Em torno daquele templo, erguiam-se elementos sutis na atmosfera espiritual, como se fossem arcos de eletricidade muito potente, que protegiam o lugar. Ouviam-se sons, que pareciam ser cânticos festivos, de natureza religiosa, os quais decerto contribuíam para atrair seres de variada espécie ao ambiente, somando-se à luz agradável propagada a partir dali.

As entidades continuavam caminhando rumo ao local, decididas, iluminadas, resolutas. Era época de São João, quando os fiéis realizavam um ritual sagrado aberto a quem comungava ali, naquela casa religiosa, que recebia expressivo número de visitantes dos dois lados da vida.

Na ocasião, a maioria das pessoas reunidas tinha pouca ou nenhuma integração com o elemento espiritual; estavam ali sobretudo para se beneficiarem da festa em si, usufruírem dos comes e bebes, que eram oferecidos aos visitantes com fartura. Poucos atribuíam algum sentido transcendental às comemorações ou ao menos denotavam ter os pensamentos ligados ao sentido de tudo aquilo. Veneravam uma entidade, certo elemental a quem a casa era consagrada e, segundo acreditavam, a quem eram compelidos a servir. Grande parte dos presentes nem era praticante do culto, mas composta por convidados que permaneceriam ali apenas enquanto durassem as festividades e a diversão, conforme pensavam. Nem sequer apreendiam os preceitos dos símbolos e das comemorações em reverência ao santo patrono, pois que o sincretismo religioso preconizava determinada associação àquele elemental.

Os visitantes eram animados pelos cânticos ritualísticos, pelas bandeirolas penduradas no terreno, entre outros apetrechos decorativos, e pelas iguarias típicas da época e do culto, distribuídas sob o compasso de instrumentos que tocavam, cadenciados, canções e músicas com a devida afinação. A noite de inverno era propícia à apreciação da fogueira acesa no pátio, a qual encantava frequentadores e devotos. Em linhas gerais, na aparência, em nada diferia de outra festa de São João qualquer, apesar do sentido ritualístico conferido pelo calor da fé daqueles efetivamente identificados com a motivação religiosa da celebração.

Nesse clima, os dois espíritos se aproximaram e encontraram outros à porta, que os receberam de maneira singular:

— Salve, nobres amigos do espaço, amigos de Aruanda! Sejam bem-vindos.

— Onde estão nossos parceiros, os médiuns que foram desdobrados e vieram até aqui ter conosco? — perguntou uma das entidades ao guardião que os esperava na entrada da instituição.

O povo estava agitado, pois se divertia diante da fogueira acesa e do som marcado pela percussão. Nada de ilegal era praticado por ali; não havia abuso de entorpecentes nem de qualquer outra espécie, algo comum em ajuntamentos festivos. Aliás, as dependências não comportavam tanta gente assim, por isso a festa se estendera pelas imediações, com barracas de rua vendendo pipocas, biscoitos e outros atrativos típicos.

— Os médiuns se projetaram em nossa dimensão sob o influxo de intenso magnetismo. Porém, ao chegarem aqui, deixaram-se absorver de tal maneira pelo clima da festividade, pelos pensamentos e pelas emoções em ebulição, emanados dos convidados, que não conseguiram nos perceber mais, tamanho o arrebatamento. Tentamos de tudo, mas não fomos capazes de reverter o processo.

O índio, cacique dos tupinambás, olhou de soslaio para o pai-velho, que se mantinha numa aura de tranquilidade imperturbável, e lhe percebeu os pensamentos. Dirigindo-se a um dos guardiões, falou, sem titubear:

— Vá atrás dos amigos com os quais trabalhamos há anos. Não podemos perder tempo, que é precioso, com gente irresponsável e com quem se distrai, estabelecendo alvos discordantes em meio a tarefas tão importantes e complexas.

Os médiuns desdobrados permaneciam inebriados com a festa e as vibrações que repercutiam em nossa dimensão. Assim estavam todos, mais de quinze sensitivos que haviam sido convidados a participar de um treinamento para tarefas futuras junto com os guardiões.

Um dos sentinelas se destacou e partiu imediatamente para cumprir a missão dada, deixando os demais no ambiente comemorativo. A dupla recém-

-chegada não se perturbou nem deu maior importância ao comportamento dos sensitivos diante do burburinho festivo; constatado o contratempo, ambos fixaram os alvos a partir dali e reorganizaram as tarefas, reformulando o caminho e o projeto original.

Quando o guardião chegou à residência de um dos médiuns, notou que era cercada por uma barreira, uma proteção invisível aos olhos comuns dos homens. Teve de pedir autorização para entrar no ambiente, já que era vigiado por graduados soldados do astral, os quais desempenhavam sua função com a máxima diligência. Ficou intrigado com aquele sistema de defesa invulgar.

— Desculpe, caro guardião, mas só podemos permitir o ingresso nestas dependências a quem detiver credenciais para tanto. Este local não é apenas onde o médium vive; é, também, uma base dos guardiões.

— Como podem erguer e manter uma barreira tão impenetrável, que nem mesmo eu, pertencendo à mesma equipe de trabalho, consigo violar sem permissão?

— É porque quem vive aqui é alvo de forças antagônicas relevantes. Além do mais, por meio de atitudes, da determinação em servir e do histórico de vida, permanecendo fiel ao trabalho assumido, independentemente das fraquezas e dos erros que comete, ele nos outorga proteger o ambiente de forma tão abrangente. No plano físico, o morador faz, também, uma seleção de quem frequenta o lugar, pois leva em conta que este é um ponto de apoio para nós. Portanto, a casa é guarnecida, primeiramente, pelas atitudes do dono, que, por consequência, oferece-nos condições de aumentar a imunidade energética e espiritual do lar.

— Venho em nome do velho cacique Tupinambá e de João Cobú.

— Isso não é suficiente para que o admitamos. Quais credenciais detém?

— Eu, eu... — titubeou a entidade, sem saber dizer ao certo.

Antes que Kiev desse a última palavra, impedindo decididamente que o guarda espiritual entrasse, ecoou em sua mente a mensagem telepática de Tupinambá:

— Concedo autorização, Kiev; apresento minhas credenciais. Responsabilizo-me integralmente pelo guarda que enviei. Desculpe a intromissão, mas não temos tempo a perder. Precisamos de alguém lúcido durante o desdobramento e, ao mesmo tempo, ciente da responsabilidade que lhe compete. Por isso, peço que faculte a entrada desse que enviei.

A mensagem era cristalina. Kiev, em seguida, abriu uma brecha na estrutura energética e adentrou-a na companhia do emissário do velho cacique. Aproximaram-se dos aposentos e depararam com outro anteparo a envolvê-los. Mediante um comando acionado no pulso de Kiev, novamente uma passagem se fez no campo energético interno. Ambos entraram e encontraram o médium escutando música, tentando relaxar, a fim de dormir pouco mais cedo que de costume. Estava preocupado e, portanto, com dificuldades de conciliar o sono.

Kiev não esperou a música fazer efeito. Magnetizou lentamente o rapaz, que estava deitado de costas. Por conseguinte, provocou o aumento do fluxo energético em torno do corpo físico, embora fosse notória a aglutinação de fluidos no perispírito, para onde eram primariamente dirigidos — corpo este, afinal, correspondente à dimensão onde Kiev atuava. O médium respondeu ao recurso ministrado e, em instantes, adormeceu um sono de natureza magnética. Logo depois, o guardião se ateve à região da cabeça, concentrando-se no chacra frontal e, na sequência, no gástrico. Incrementou ainda mais o influxo vibratório, o que causou algo semelhante a formigamento ou adormecimento das extremidades.

O homem induzido ao sono rodopiou dentro do próprio corpo enquanto um breve torpor invadia sua mente. Entregou-se por completo ao perceber aquele formigamento se alastrando por todo o corpo. À medida que o torpor lhe assomava à mente consciente, ele girava, no sentido horário, dentro da indumentária carnal, dela se descoincidindo pouco a pouco, até que gradativamente se afastou por inteiro. Pairou acima da duplicata física, ainda meio sonâmbulo, enquanto as energias do seu espírito eram separadas dos liames corpóreos e da densidade do duplo etérico, o qual também pairava sobre o corpo, a uma distância aproximada de 30cm. As irradiações do duplo se dividiam em cores diferentes, principalmente azul e vermelho, em tons mais fracos.

Acima, já no teto do quarto, o médium recobrava os sentidos espirituais. Após dar-se conta do que ocorria, fixou seu pensamento no perispírito e desceu, suavemente, colocando-se de pé ao lado da base física, observando ora Kiev e o outro soldado ora a indumentária carnal, que repousava no leito.

— Sou lindo e deslumbrante, não sou, Kiev!? — falou Raul desdobrado.

O guardião enrubesceu, desconcertado na presença do colega que viera buscar o médium.

— Você foi chamado a trabalhar diretamente com o cacique. Comporte-se, Raul — informou-o, sem dar importância ao comentário irônico.

— Trabalho? Meu Deus! Mas não me deixam descansar nem mesmo fora do corpo? Bem... vamos lá — e saiu do quarto sem esperar o sentinela que o viera buscar.

Kiev olhou para o colega e disse:

— Vá se acostumando com o jeito dele. Mas não se preocupe, ele é bom companheiro de trabalho. Ficarei aqui desta vez. Ele, agora, está sob sua responsabilidade.

O guardião, então, partiu depressa atrás do médium desdobrado, meio surpreso. Ao voltar a seu posto, Kiev falou com o outro guarda de prontidão:

— Tenho pena do soldado! Não sabe com quem está lidando... Verá que Raul dá trabalho. Ai dele se o outro convocado for Irmina... Aí, sim, ele pedirá socorro ao Tupinambá! — disse sorrindo. — Deixemos que ele descubra por si mesmo.

TUPINAMBÁ E PAI JOÃO CAMINHAVAM LENTAMENTE pelo ambiente da casa religiosa, ouvindo as conversas e observando os acontecimentos. Os médiuns até ali conduzidos, após o desdobramento, ao invés de estarem atentos às atividades marcadas previamente, para as quais se alistaram, permaneciam distraídos em meio às pessoas e às companhias espirituais delas, algumas das quais eram *espíritos familiares*.[1]

— Em pensar que esta turma é exatamente daqueles que reclamavam de não guardar memória dos desdobramentos durante a vigília e de não interagir com os mentores... Aliás, vários deles

1. "O Espírito familiar é antes o amigo da casa" (KARDEC. O *livro dos espíritos*. Op. cit. p. 347, item 514).

amanhã, ao despertarem, irão correndo relatar o produto de sua imaginação fértil a amigos de caminhada. Afirmarão haverem trabalhado em tarefas importantíssimas no mundo astral, mesmo sem se lembrarem de nada — disse Pai João.

Tupinambá e os sentinelas locais, que o ouviam, nada comentaram, pois conheciam aquele tipo de personalidade a respeito do qual João Cobú falava.

O pai-velho e o cacique demoraram-se no exame do entorno, pois queriam obter mais informações sobre a mulher que coordenava a festa de São João. A aglomeração de visitantes era atravessada por eles, uma vez que estavam em dimensões diferentes; serpenteavam de um lado a outro, no que parecia uma coreografia sem fim. À procura de Maíra, a médium que promovera a comemoração, os dois espíritos não tiravam os olhos do povo.

Entrementes, Raul chegara, acompanhado do guardião, que parecia ofegante, talvez cansado por correr atrás do médium desdobrado.

— Pronto! Cheguei — falou o médium, enquanto observava a fisionomia dos emissários da Aruanda.

— Bem-vindo, filho. Espero realizarmos um

bom trabalho — ao mesmo tempo que o saudava, João Cobú deslizava a mão rente à fronte do agente recém-chegado.

— O que é isso? — perguntou Raul, intrigado com o gesto do pai-velho, pois sentiu algo intenso naquele ato.

O espírito mirou-o com um sorriso discreto e respondeu:

— Magnetizei-o, meu filho. Desta vez, você não se lembrará de quase nada ao despertar no corpo material. Conservará, porém, lucidez suficiente do lado de cá, a fim de interagir conosco.

Raul nem questionou, já que a iniciativa viera de quem viera. Bastava-lhe participar da maneira mais consciente possível, fiel às responsabilidades. Recordar-se ou não das experiências, quando em vigília, não era alvo de preocupação; era secundário. O importante para ele eram a sensação e a certeza do dever cumprido.

— Olhem ali — falou um amigo espiritual apontando em direção a Maíra.

Todos a viram. Era uma mulher de aparentemente uns 38 anos de idade, dotada de uma beleza incomum, bastante inquieta. Ela olhava de um lado para o outro, com o celular nas mãos e uma expressão orgulhosa no rosto.

Os espíritos atravessaram a gente que se reunia no local e colocaram-se ao lado de Maíra, que não percebeu a presença deles.

— Quem sabe — disse Tupinambá — você possa tentar olhar lá adiante...

Com essa simples sugestão, e repousando uma mão sobre o ombro esquerdo dela enquanto apontava determinado lugar, o caboclo a induziu a locomover-se até onde pudesse registrar a presença deles, a despeito do alvoroço do festejo. Ela atravessou o local, quase teleguiada, e se posicionou em frente à casa onde habitualmente ocorriam os rituais sagrados. Uma vez lá, Pai João aproximou-se e a tocou levemente, com a mão direita, transmitindo-lhe inspiração.

— Teremos de tirá-la da festa, de alguma maneira — sentenciou um dos sentinelas que atuavam ali, junto com Maíra.

— Talvez não seja preciso. Quem sabe — cogitou João Cobú — possamos simplesmente expandir sua consciência, aguçando as percepções de Maíra, que é dotada de habilidades mediúnicas acentuadas. Vejamos como reagirá ao magnetismo intenso.

Os demais espíritos acercaram-se da sensitiva, que passou a receber um fluxo vigoroso de energia. Tudo transcorria de modo discreto e organizado, com o cuidado necessário para não chamar a atenção dos convidados. Como resposta ao comando magnético do time espiritual, Maíra sentiu-se meio tonta. O corpo astral expandiu-se, e, então, ela pôde perceber a presença dos amigos de além, porém, não logrou desdobrar, pois mantinha a mente fixa nas providências ligadas à organização da festa. Os espíritos a respeitaram; aquele estado era o bastante.

A partir de então, ela se movia no mundo material de maneira mais lenta, e seus pensamentos também pareciam fluir num ritmo diferente do habitual. Às pessoas com quem se relacionou na festa daquele momento em diante, dava a impressão de leve embriaguez; mas não, Maíra nem sequer gostava de bebida alcoólica. O movimento por parte dos espíritos havia sido capaz de projetar parte da consciência de Maíra para fora do corpo. Mais tarde, quando terminasse a festa, ela seria inteiramente desdobrada — ou assim esperavam os imortais.

— Vamos, agora — anunciou Tupinambá aos demais amigos.

A princípio, Maíra, semidesdobrada, caminhava meio aturdida pelo festejo, sentindo-se deslocada — como se participasse de duas realidades ao mesmo tempo, ela própria chegou a cogitar. Nesse estado, tomou uma decisão: recolheu-se num quarto afastado, num andar superior, e separou-se da gente que se divertia lá embaixo. Antes de se isolar da comemoração, delegou as responsabilidades concernentes ao evento em curso a uma companheira de sua confiança. Como consequência, alcançou maior mobilidade fora do corpo.

Sem se importar se os convidados sentiriam sua falta, Maíra, muito vibrátil que era, teve facilidade em expandir sua mente ao se recolher. Raul a acompanhava na realidade astral totalmente lúcido, apesar da deliberação dos orientadores espirituais de que não guardaria memória dos fatos quando voltasse à vigília.

Os espíritos Tupinambá, Pai João e dois guardiões especialistas, Juan e Walter, compunham a comitiva. Além deles, Raul, Maíra e dois guardiões convidados: um era conhecido entre os encarnados pelo nome cabalístico de Sete ou Sete Encruzilhadas; o outro, Dimitri, era um guardião superior que, na maioria das vezes, mantinha-se quieto, silencioso. Também acompanhavam a incursão aos ambientes inferiores os espíritos José Grosso, Maria Escolástica e eu. Juntara-me aos demais como observador e jornalista que se atreve a escrever aos leitores de dois mundos. Fomos em direção ao alvo previamente fixado.

Movia-se quase suavemente, sem embaraços, a equipe espiritual, deixando o ambiente da festa a passos rápidos. O destino localizava-se algumas vibrações abaixo, numa zona de baixíssima frequência, onde procuraríamos encontrar o primeiro alvo. Descendo, comparativamente, cerca de 140m desde a superfície, iniciou-se nossa caminhada por ambientes sombrios. A partir dali, a atmosfera mostrava-se, paulatinamente, mais e mais densa. O ar apresentava-se encharcado de matéria mental densa, e era como se uma fuligem a tudo impregnasse, tornando a respiração difícil para os sensitivos desdobrados. Diante disso, Escolástica aproximou-se dos dois e colocou os braços sobre seus ombros, aliviando a pressão energética do ambiente astralino da subcrosta.

Subimos, a passos lentos, uma colina característica da geografia local. De lá pudemos avistar, ao longe, uma vastidão disforme de terrenos estruturados em matéria extrafísica, com vegetação apropriada àquelas paisagens.

— Parece que tudo se move como se tivesse vida própria — comentou Raul.

— Claro que sim, amigo — assentiu Maria Escolástica. — Você já conhece mais ou menos estas regiões por onde caminhamos — acrescentou ela, que diminuíra as irradiações de sua aura para não se destacarem aos olhos das entidades vivas daquele subplano.

— Deveríamos andar disfarçados — pensou Raul, sem que ninguém o respondesse naquele momento.

Viramos para trás e, do alto daquela colina, podíamos avistar o mundo físico dos homens, a crosta, onde a vida se desenrola sem que a maioria dos habitantes sequer desconfie da realidade de um plano vibracional, que coexiste calcado numa matéria de frequência própria, diferente daquela em que os homens se movimentam. A visão, a partir dali, sucedia de modo paradoxal: à medida que a vibração do ambiente se tornava mais baixa, mais avistávamos o mundo físico do alto, isto é, de cima. Trata-se de uma distorção muito comum aos olhos do observador quando está numa dimensão paralela; sem dúvida, um fato que merecia análise detida, oportunamente.

— A visão parece um pouco distorcida, trêmula — notou José Grosso. — Mas isso é devido ao que os encarnados — explicou, mirando Maíra e Raul — chamam de realidade física. Na verdade, não é uma realidade, mas um devaneio da mente de quem está inserido nessa conjuntura, onde a matéria vibra em determinada faixa de frequência. O mundo das formas é tão somente uma ilusão dos sentidos, necessária a quem está mergulhado no contexto espaço-tempo, em que vivem e se movem os homens.

Pai João voltou-se aos pupilos e falou:

— Algumas coisas ficarão mais claras para vocês dois a partir de agora, meus filhos, principalmente sobre a forma como nos comunicamos com todas as pessoas de bem no mundo. O processo de comunicação entre nossas dimensões é algo que não pode ser ignorado nos estudos de meus filhos. É claro que há teorias, com método e rigor científico, a explicar a dinâmica pela qual se dá a interação entre encarnados e desencarnados. Mas não me refiro a esse tipo de explicação.

"Este mundo que enxergamos por entre as brumas é o mundo da ilusão, que, por vezes, denomina-se *matrix*. É aí que vive parcela expressiva da humanidade, numa realidade paralela à original, primitiva.[2] Como sabem, o mundo onde estamos, no qual vocês dois ingressaram por meio da projeção consciencial, é o original. O mundo das brumas — falou apontando ao longe, onde se divisava o plano físico — é um palco erguido para que possam exercitar o que aprenderam aqui, o que estudam do lado de cá da vida. Se conseguirem ver as duas realidades desse modo, a morte perderá a

2. Cf. "Mundo normal primitivo". In: KARDEC. O *livro dos espíritos*. Op. cit. p. 122-123, itens 84-87.

importância, ou ao menos deixará de reter a gravidade que lhe atribuem. Sob essa ótica, filhos, a morte torna-se apenas o descarte biológico final, necessário para transpor as brumas que separam as realidades. O nascimento, então, constitui o mergulho nas brumas, evento capaz de encobrir, na mente dos que atravessaram esse mar de ilusão, as lembranças do mundo originário. A fim de que vocês vivam inseridos no contexto espacial e temporal da matéria, o cérebro biológico e a própria dimensão física exercem sua influência; o paracérebro, assim, ganha a devida conformação — isto é, hipnotiza-se —, conferindo primazia ao que é passageiro e ares de crença ao que é duradouro.

"Os ensinamentos, as ideias e a sabedoria que inspiramos aos homens constituem tão somente uma parcela ínfima da lei orgânica que rege o universo e é interpretada, em linhas gerais, ainda que variando conforme a escola filosófica ou religiosa à qual pertençam, como a vontade de Deus. E isso não é errado! Levando-se em conta a frequência vibratória de onde habitam — ou seja, o mundo da ilusão —, a lei é a vontade divina. Disso ninguém duvida. Entretanto, tudo o que inspiramos, tudo o que transmitimos não passa de muito pouco, de um fragmento da verdade. De tal forma que a verdade, em si, no sentido universal, traduz-se em algumas versões: 1) a verdade que são capazes de tolerar; 2) a verdade que logramos transmitir; e 3) a verdade que conseguem compreender. Acima de tudo isso, paira, solene, a verdade. Portanto, meus filhos, nenhum de vocês e nenhum de nós, os espíritos, detém toda a verdade sobre a vida. Compete-nos, apenas, a fração da verdade que somos capazes de digerir em dado momento da caminhada em busca da felicidade e da realização íntima.

"Assim sendo, nossa maneira de ensinar, de transmitir inspiração, está constantemente em reelaboração e aperfeiçoamento. Ao término de cada etapa que vencem, remodelamos o método empregado a fim de guiar ou inspirar meus filhos, uma vez que requerem metodologia tão mais elaborada quanto maior for o grau de compreensão que atingirem daquela parcela da verdade que lhes tiver sido dada a conhecer."

— Isso quer dizer, Pai João... — principiou Raul.

— Quer dizer, filho, que não é preciso nem sequer convém questionar outros irmãos e outros filhos por usarem metodologia diversa da que vocês mesmos utilizam, chegando, por conseguinte, a conclusões e realidades diferentes entre si. Não há um único jeito certo. Não existe uma só forma de absorver e apreender a verdade da vida no que tange às leis universais, sejam do mundo material, sejam do espiritual. Cada qual adota a metodologia que funciona para si e para o público com o qual está destinado a conviver e crescer.

"É evidente que isso não equivale a abonar qualquer caminho; também não implica, em nenhuma hipótese, a negação da falsidade, isto é, da existência do que se opõe à verdade. Seja em que nível ou esfera de conhecimento for, há que saber rejeitar o que não corresponde a nenhuma expressão da verdade, pois é engodo. Admitir mais de uma versão da verdade não é o mesmo que tomar qualquer coisa como verdadeira."

José Grosso fitou os dois amigos desdobrados e notou que entenderam a lição nas palavras do velho João Cobú. Maíra, no entanto, ainda estava atordoada, quase oscilando entre uma dimensão e outra. Era limitada, portanto, sua compreensão. Tupinambá, ao perceber que os pupilos absorveram, cada qual à sua maneira, o significado daquela explanação, cobrou maior agilidade nas tarefas:

— Continuemos! É preciso atravessar o pântano — e saiu à frente, guiando o grupo, que o seguia logo atrás. Ainda havia certa distância vibratória a percorrer até o pântano propriamente dito.

Enquanto isso, Dimitri, o guardião superior, destacara dois oficiais para acompanharem certa pessoa que passava por momentos difíceis em sua trilha de descoberta da espiritualidade. Ela devia ser trazida, oportunamente, para junto da equipe, pois seu processo de aprendizado precisava continuar, mesmo se, porventura, Maíra titubeasse no aprendizado. Esta, por sua vez, achava-se sob crise existencial aguda.

No mundo físico, Maíra enfrentava indecisões quanto às próprias emoções, à atividade profissional e, também, embora não admitisse abertamente aos amigos mais íntimos, em relação à vida espiritual. Por isso, Pai João pediu mais tempo ao velho cacique dos tupinambás e achegou-se dela, visando lhe falar mais detidamente. "Diante de tantas questões e sem se definir intimamente, não há como desempenhar bem a tarefa que lhe cabe, tampouco se dedicar à devida capacitação no plano extrafísico", pensou João Cobú.

Pai João se demorou apenas alguns minutos em conversa com Maíra, mas esse tempo é relativo quando comparado ao modo como é medido do lado dos humanos encarnados. Ele foi direto ao assunto, incitando-a a decidir-se, e o fez já no início das atividades, antes mesmo que nos comprometêssemos com muita coisa. Tupinambá compreendeu a atitude do pai-velho e diminuiu a velocidade, adaptando nossa marcha de acordo com o esclarecimento em curso. Raul ficou atento ao diálogo entre Pai João e Maíra e, a cada lance, ele ficava mais e mais acabrunhado.

A conclusão da conversa veio de modo a chacoalhar Raul, que, não se contendo, intrometeu-se e se dirigiu a Maíra. Com efeito, ela resolvera desistir do trabalho com os guardiões; escolhera se ater aos rituais e às festas que promovia em seu templo, que eram sua preferência, em detrimento de se comprometer com algo superlativo, de maiores implicações.

— Eu não pedi para me envolver em algo assim! — exclamou Maíra, reagindo à intervenção de Raul, quem tomou providência para que ela ficasse mais consciente na dimensão extrafísica, aproveitando a condição de desdobramento para ampliar mais ainda as propriedades de expansão da consciência. Raul lhe aplicara certa dose de magnetismo, o que proporcionou mais lucidez à médium.

— Mas esta será uma oportunidade inédita em sua vida espiritual... Os guardiões têm recrutado agentes no mundo inteiro! — argumentou Raul, agora escoltado por Maria Escolástica, que se achegara deles na tentativa de ampliar a ascendência de Raul sobre a mulher.

— Entendo, mas estou decidida. Não quero essa responsabilidade para mim! Prefiro prosseguir com meu trabalho espiritual do jeito a que me habituei. Vocês são doidos — falou Maíra, acentuando cada palavra — de pensar que eu quero mais responsabilidades! — sentenciou a mulher desdobrada, agora, com mais lucidez.

— Mesmo com as habilidades incríveis que tem? Vai desperdiçá-las assim? — insistiu Raul.

— É isso. Não quero fazer parte desse time de vocês. Minha única vontade é ter as pessoas à minha volta. Quero continuar o que faço sempre: promover festas religiosas, ter bastante gente a meu redor e, também, comandar o grupo de médiuns que reuni. Pensei que trabalhar com os guardiões superiores fosse como lidar com os seres com os quais já me acostumei. Eu mesma me candidatei, é verdade, mas nunca imaginei que precisaria passar por um longo treinamento e que, além do mais, meu trabalho tivesse de permanecer no anonimato! Não estou preparada para uma coisa nem outra. Me esqueça, Raul! Quero voltar ao meu povo.

Tupinambá, apresentando no semblante certa dose de desapontamento ou tristeza, deu sinal para Raul. Ele entendeu. Não adiantava insistir.

Escolástica tomou uma atitude imediatamente, sem pestanejar. Passou a mão direita sobre a fronte de Maíra e ela adormeceu ali mesmo, em corpo espiritual, desvanecendo-se lentamente; foi perdendo a consistência perispiritual até ser tragada pelo corpo físico. Raul levantou-se da posição em que se encontrava, bastante aflito com a decisão de Maíra, quase desesperado, ciente de quanto investimento se fizera nela. Não se conteve por muito mais... e desabou a chorar.

— Fique calmo, meu filho... — aconselhou Pai João, após alguns instantes, respeitando o momento.

Diante da menção do sensitivo de debater ou desabafar exasperadamente, o pai-velho instruiu:

— É melhor não comentarmos; não agora.

Raul assentiu e calou-se, porém, não sem derramar lágrimas, conquanto tentasse disfarçar. José Grosso abraçou-o em seguida e, então, disse-lhe:

— Muitos são os chamados, caro Raul... — falou, aconchegando o amigo desdobrado no ombro.

— Sei disso, Zé Grosso, sei disso. Mas poucos são os que aceitam...

Raul enfim entendeu por que Pai João resolvera magnetizá-lo a fim de que não guardasse memória dos fatos quando de volta ao corpo. Era demais para ele, que não se conformava com a desistência da mulher.

Raul nem desconfiava que aquela história pudesse ser psicografada algum dia. A tal ponto era a influência do gesto do pai-velho sobre ele que, até mesmo quando a lesse, não saberia identificar a quem se referia. Não se recordaria dos detalhes reais, a despeito de sua mente permanecer inquieta com a situação.

Eis que vos envio como ovelhas ao meio de lobos; portanto, sede prudentes como as serpentes e inofensivos como as pombas.

MATEUS 10:16

CAPÍTULO 4

TRAVESSIA

claro que, durante a travessia, ninguém permaneceu inerte. Seguimos todos a condução do antigo cacique tupinambá e, ao mesmo tempo, aproveitamos o percurso para haurir conhecimento do pai-velho João Cobú. Raul não ficou calado, ciente de que suas dúvidas provavelmente se assemelhavam às de muita gente e, também, que eu anotava absolutamente tudo para, mais tarde, transmitir nossas experiências aos que habitam aquém do véu que separa as dimensões. O ambiente modificava-se o tempo todo, como é de se esperar no mundo extrafísico adjacente à Crosta. Decerto inspirado pelo panorama que se descortinava à frente e no entorno, Raul pediu, instigado pela sede natural de conhecimento:

— Pai João, se porventura não se importa, quero aproveitar estes momentos, enquanto realizamos a travessia, para fazer algumas perguntas. Tenho certeza de que as respostas serão úteis, também, ao esclarecimento de leitores do Ângelo.

— Fique à vontade, meu filho — assentiu, logo se voltando a todos. — Porém, peço que não se descuidem, pois a zona que atravessamos exige atenção, sobretudo de quem está projetado nesta dimensão.

— Pois não, Pai João. Prestaremos atenção a suas palavras sem nos descuidarmos dos desafios deste local. Queria começar pedindo que elucidasse a respeito de certas configurações de poder mencionadas por Ângelo em seus livros — falou Raul, olhando para mim. — Como você definiria, de modo mais detalhado, o termo *daimon*, escolhido por ele e empregado em várias de suas obras, numa clara alusão ao conceito de diabo? Uma vez considerando que inteligências sombrias dominam estas regiões e outras ainda mais inferiores, acho bem apropriado...

Evidentemente, a pergunta inusitada atiçou o interesse até mesmo de alguns guardiões que nos acompanhavam. Às vezes Raul parecia meu irmão gêmeo, pelo tanto que aprendera, ao longo dos anos, como despertar a atenção de quem estivesse por perto. Somente nesse quesito, porém.

Pai João não se fez de rogado, todavia, surpreendeu nas considerações que fez, sem se alongar muito:

— Claro, meu filho — disse tranquilamente, embora mostrasse estar ligado a tudo quanto se passava em derredor. — Porém, posso responder sintetizando o pensamento de um elevado amigo espiritual que já discorreu sobre o tema. Portanto, a ideia original não é minha, mas vou adaptá-la. O diabo não é uma pessoa e, é evidente, não se resume ao *daimon* número 1, ao qual Ângelo se refere ao descortinar uma parcela da verdade em sua literatura. Pode-se entender que diabo ou demônio consiste, na verdade, em uma força desviada.

Nesse instante, fixei Pai João, esperando, sinceramente, que ele não desse *spoiler* sobre um de meus próximos livros. Ele deu mostras de haver entendido minha apreensão. Olhou-me de modo discreto e continuou:

— Segundo afirma esse elevado amigo da espiritualidade, o termo *demônio* talvez pudesse ser considerado a denominação de uma corrente mentomagnética composta por uma rede de inteligências cujo âmago se traduz em vontades perversas amalgamadas, constituindo-se de maneira tão abrangente que se multiplicam em pequenos e organizados núcleos de poder. Tudo isso, ou toda essa aliança insana, pode representar esse espírito mau que o Evangelho denomina legião, que causou a precipitação da manada de porcos no mar.[1] Claramente, essa é apenas uma metáfora utilizada pelos evangelistas para ilustrar o arrastamento exercido sobre seres instintivos e movidos pela brutalidade, os quais se deixam guiar por forças cegas e antagônicas à lei do progresso e da evolução.

Pai João soube ser sucinto na resposta, de sorte a evitar longas explicações, talvez inoportunas, ao menos naquele momento. Logo após, possivelmente direcionando as perguntas de Raul e a curiosidade dos demais para a realidade extrafísica que nos cercava, o pai-velho, antigo iniciado de templos ancestrais em terras egípcias, deu o tom e despertou a curiosidade e a vontade de aprofundamento:

1. Cf. Mc 5:1-20. "É preciso, pois, ver nesse fato [espíritos animando corpos de porcos], (...) talvez, uma alegoria destinada a caracterizar os pendores imundos de certos Espíritos" (KARDEC. *A gênese*... Op. cit. p. 421, cap. 15, item 34).

— Uma vez que estamos caminhando, nos movendo em meio a pântanos das regiões inferiores, quem sabe meus filhos não se interessem em saber um pouco mais acerca de lugares de transição como este, muito embora minhas palavras não sejam de todo novidade, tampouco a forma como me expresso...

Apontando o entorno, pareceu descerrar nossa visão em meio às brumas que envolviam o local. Revelou seres de todos os matizes, até mesmo habitantes dotados de consciência ou inteligência, amontoados aqui e acolá, agrupados em bandos, como se buscassem se abrigar das forças em ebulição naquela dimensão.

— O animista, quando em desdobramento, deve ficar atento às condições inerentes ao mundo extrafísico — prosseguiu o pai-velho. — Principalmente ao fato de que tudo aqui, no plano crosta a crosta, difere bastante das coisas na realidade física. Esse fenômeno se explica devido à incrível plasticidade desta dimensão. Desse modo, o ambiente onde nos movemos é moldável ao extremo, de acordo com o pensamento dos seres que nele habitam, tanto quanto dos encarnados eventualmente projetados aqui.

— Pelo que vemos agora, Pai João, muitos seres apresentam formas semelhantes às de criaturas conhecidas do plano físico. Por que essa similaridade?

— É bastante sensato que assim seja, meu filho — respondeu ele ao médium desdobrado. — Como são seres humanos que povoam o planeta, humanos da Terra, em sua esmagadora maioria, é esperado que os vários espécimes de elementais naturais e artificiais, bem como as criações mentais inferiores ou superiores, assumam aspectos comuns ao imaginário daqueles seus habitantes. A própria terminologia usualmente adotada — *criação mental* ou *forma-pensamento* — indica que a organização dos fluidos obedece aos conceitos e às representações previamente registrados na mente do homem. Na verdade, tais figuras decorrem de arquétipos do pensamento de todas as eras. Um renomado antropólogo belga declarou, certa vez, que "os símbolos são mais reais que aquilo que simbolizam, o significante precede e determina o significado".[2] Levan-

2. LÉVI-STRAUSS, Claude. *Introdução à obra de Marcel Mauss*. São Paulo: Ubu, 2017. E-book.

do-se em conta essa realidade, a estrutura das formas-pensamento obedece a modelos mentais com os quais o encarnado é familiarizado. Por conseguinte, quando ele se projeta nesta dimensão, seja pelo descarte biológico final ou pelo desdobramento, sua mente imprime nos fluidos dispersos no plano extrafísico aspecto simbolicamente associado a determinado significado.

Nossos olhos voltaram-se a um movimento peculiar, que divisamos ao longe, para o qual um guardião nos chamou a atenção. Lembravam figuras humanas vagando de um lado para outro, porém, em bandos.

— São os *sonâmbulos*,[3] filhos — interveio Maria Escolástica. — Quase todos estão inconscientes de sua situação pós-desencarne, muito embora haja, entre eles, grande número de encarnados desdobrados, os quais, também, em regra, ignoram o estado em que se encontram.

— Talvez fique mais claro — falou José Grosso,

3. Cf. PINHEIRO, Robson. Pelo espírito Ângelo Inácio. *Legião*. Contagem: Casa dos Espíritos, 2011. p. 52s.

dando uma perspectiva nova a algo que muitos de nós já conhecíamos — se tomarmos por base a classificação dos mundos habitados segundo Allan Kardec,[4] extrapolando-a para a realidade do plano extrafísico. Creio que amigos na Terra poderão, assim, compreender melhor a situação dos habitantes desta e de outras dimensões.

“Entende-se que, ao discorrer a respeito de mundos primitivos, o codificador tenha sugerido, de maneira genérica, que imensa parcela dos espíritos ali seria composta por seres de evolução primária. Melhor dizendo: à exceção dos orientadores evolutivos nesses orbes, podemos inferir que a totalidade de seus habitantes ignora as leis cósmicas ou, remotamente, se porventura as conhece, não as assimilou. Assim sendo, observa-se desenvolvimento de tecnologia bastante primitiva, apenas o suficiente para a sobrevivência.

“Em planetas de provas e expiações — utili-

4. Cf. KARDEC, Allan. *O Evangelho segundo o espiritismo*. Tradução de Evandro Noleto Bezerra. Rio de Janeiro: FEB, 2011. p. 78-79, cap. 3, itens 3-4.

zando-se, ainda, o vocabulário espírita —, notadamente em mundos como a Terra no presente estágio, temos enorme fatia dos habitantes, mais ou menos 75% do total, na categoria de seres ignorantes das leis cósmicas. Por outro lado, o restante, nas diversas dimensões — isto é, cerca de 25% —, tem *disposição* de melhorar e nutre *intenções* de progredir, de modo mais ou menos consciente" — disse, enfatizando certos termos.

Walter, refletindo sobre as explicações de José Grosso, aproveitou para comentar:

— Isso nos faz perguntar se os chamados bons são realmente bons ou se, por ora, tão somente ensaiam a pretendida bondade.

Todos miraram o guardião, talvez pensando cada qual em si, questionando as próprias virtudes.

José Grosso reagiu meneando a cabeça e continuou, depois de breve pausa:

— Em mundos dessa categoria, observaremos o desenvolvimento de uma tecnologia mais avançada que nos mundos primitivos, porém, totalmente dependente — no caso da Terra — de combustível fóssil ou nuclear. Justamente aí, em planetas como o nosso, é que notamos vasta parcela da humanidade, dos dois lados da vida, comportando-se como sonâmbulos. Multidões encarnam e desencarnam sem saberem o que lhes sucede; apenas obedecem ao mecanismo natural da lei. Por isso, o termo *sonâmbulos*, empregado para nomear a massa de espíritos que vagam nos ambientes crosta a crosta, nas zonas de transição ou zonas intermediárias, sem consciência acerca de sua situação nem noção alguma de conceitos de espiritualidade.

“Neste plano onde estamos, por exemplo, tanto quanto em planos similares de outros orbes da mesma categoria, observamos os chamados convalescentes pós-desencarne, que constituem uma variante dos sonâmbulos. Por existirem em grande quantidade, os membros desse grupo exigem do viajor ou projetor bastante cautela, além de perícia, que só será alcançada com estudo intensivo e persistente a respeito dos elementos encontrados neste ambiente dimensional transitório. Com relativa frequência, agentes desdobrados caem em armadilhas mentais decorrentes de pensamentos desorganizados dos convalescentes, que pululam entre o mundo dos encarnados e os planos etérico e astral. Como ainda detêm farta cota de ectoplasma em sua constituição extrafísica, dizemos que estão mortos, mas não desencarnados. São reféns de grandes emoções, sensações e resquícios de quadros próprios da vida na matéria. O fluido vital incrustado em seus corpos semimateriais impede que decolem para situações mais promissoras, tampouco permite que formulem uma visão mais clara sobre si mesmos e o novo estado no qual ingressaram."

Enquanto José Grosso falava, apontando ao longe indivíduos se arrastando em pântanos e lodos do submundo, ouvimos um grito. Era Diana, aprendiz de agente ou agente em treinamento que havia se juntado à caravana logo no início da travessia, quem estabelecera sintonia com os seres que avistávamos. A despeito da ajuda de Tupinambá e dos demais amigos e guardiões, ela não conseguira se manter ligada a eles e entrara no mundo mental do entorno. Gritava e, ao mesmo tempo, contorcia-se, quase em convulsão. Raul olhou para José Grosso e foi em direção a ela. Pai João o amparou na empreitada.

— Tira isso de mim! Que nojo! Que horror! — reclamava a mulher, passando as mãos pelo corpo, enquanto percebia, somente ela, criaturas asquerosas subindo-lhe pernas acima.

Diana coçava-se toda e arranhava a epiderme perispiritual, como se estivesse sendo picada por algum inseto ou por animais peçonhentos. Raul agarrou-a pela cintura, enquanto, com o outro braço estendido sobre a cabeça da mulher, espalmava a mão e lhe aplicava intenso magnetismo. Das mãos de Raul, raios vibrantes na cor azulada, calmante, saíam em direção ao lóbulo frontal de Diana. Pai João auxiliou Raul, aumentando-lhe o potencial magnético. Tão logo a mulher apresentou relativa melhora, o pai-velho asseverou:

— Convém levá-la de volta ao corpo, Raul. Deve retornar já, senão colocará em risco nosso trabalho. Além do mais, ela precisa de uma espécie de choque anímico, em contato com o próprio corpo físico. Cuide de lhe aplicar magnetismo assim que ela estiver acoplada. Depois, caso possa ser reconduzida para cá, se porventura apresentar condições, a traremos novamente. Por ora, definitivamente, ela não tem equilíbrio emocional suficiente para enfrentar a realidade deste plano. Urge que se recomponha — o pai-velho foi enfático, não deixando a Raul margem para questionamento.

Diana foi reconduzida ao corpo e, em seguida, acordou aos prantos, com o coração acelerado. Nenhuma lembrança lhe assomou à mente naquele momento, mas o choro foi convulsivo.

Raul aproveitou que ela acordara e pôs-se de pé ao lado do leito. Estendeu as mãos e aplicou-lhe um passe longitudinal rápido, dispersando os fluidos densos aos quais Diana se vinculara mental e emocionalmente. Ele prosseguiu ministrando técnicas de magnetismo intenso sobre ela, empregando a metodologia aprendida em seus estudos nas regiões correspondentes a cada chacra, até que Diana se acalmou. Enquanto ela se beneficiava do recurso recebido, caíam aranhas, escorpiões e lacraias ao chão, sugerindo que tivessem aderido à delicada constituição extrafísica do corpo astral de Diana. Assim que dela se desprendiam, as criações mentais enfermiças se desfaziam, pois não resistiam ao influxo magnético projetado nos chacras.

Raul deixou a colega em casa, acordada, sob a tutela de uma entidade amiga, um espírito familiar, que se incumbira de tomar conta da mulher. Na companhia de um guardião, Raul regressou ao local onde os demais nos encontrávamos. Durante o percurso, no retorno a outra frequência de ação,[5] Raul comentou, ranzinza:

5. Lamentavelmente, o autor espiritual não explica a facilidade *aparente* — interpretação por certo enganosa, a que o texto conduz justamente devido à ausência da descrição — com que Raul sai do pântano, desloca-se até o apartamento de Diana, na cidade do Rio de Janeiro, e regressa à subcrosta em seguida. A questão lógica que daí decorre é: se é possível ir e vir assim, rapidamente, qual seria o motivo da travessia descrita ao longo do capítulo? Isto é: por que a comitiva não partiu rumo ao local de destino de uma vez? Questionado a respeito, o autor explicou, em primeiro lugar, que havia vários outros médiuns desdobrados no grupo, em exercício, ainda que tenham sido omitidos da narrativa por mera opção literária. Nesse sentido, parte importante do objetivo da travessia era justamente lhes mostrar o que encontrariam no percurso, pois este, uma vez conhecido — processo que os espíritos denominam mapeamento das zonas umbralinas —, torna-se me-

— Deus me livre! Que mulher do cão! Nem parece que já conhece alguma coisa sobre espiritualidade... Mesmo com certo tempo de estudos, ainda assim não aprende.

Quando o médium chegou de volta ao local onde a crise de Diana se precipitou, Pai João não deixou de comentar a situação, como forma de nos instruir:

— Vejam, meus filhos, que não adianta a pessoa ter anos e anos de estudo. O conhecimento teórico pura e simplesmente de nada vale; o treinamento é essencial. Ao falar em treinamento, quero me referir, também, às adversidades vividas no dia a dia. Eis o motivo pelo qual não isentamos nossos amigos encarnados, os agentes, de lutas e dificuldades cotidianas, pois é nesse embate diário que desenvolvem talentos, e é em meio a crises que é forjado o verdadeiro espírito de um agente. Trata-se de um treino militar intensivo, de alta performance, que se dá justamente na superação dos problemas mais

nos penoso, facilitando o ir e vir. Não obstante, ressaltou que Raul só logrou realizar aquele deslocamento veloz graças ao auxílio do guardião que o guiou, não por capacidade própria.

densos e complexos enfrentados por meus filhos. Tudo concorre para que o candidato a parceiro dos guardiões adquira destreza e habilidade nas reações e nas atitudes que terá frente aos diversos dramas, situações e seres encontrados na dimensão extrafísica. Lidar com os dilemas que lhe competem sem se perder, sem abandonar o trabalho, sem voltar atrás no compromisso espiritual assumido: isso habilita a pessoa a tarefas mais expressivas.

Raul mirava o pai-velho lembrando-se de seu treinamento, ainda em curso, das adversidades variadas e dos desafios enfrentados em seu dia a dia. José Grosso aproveitou uma pausa dada por João Cobú e acrescentou:

— Não se iludam os tarefeiros do bem quanto à pretensão de primeiro solucionarem os problemas para, somente então, dedicarem-se ao trabalho que lhes foi confiado. É em meio às tempestades que se fazem bons marinheiros, e é em meio aos dilemas da vida, aos desafios da sobrevivência material, emocional e espiritual que se forjam bons agentes. Quem desiste por causa das adversidades na esfera pessoal nunca se decidirá a favor da tarefa. Obstáculos os teremos sempre; a cada um que vencemos, preparamo-nos para responsabilidades mais e mais abrangentes. Isso nos leva a considerar, aliás, que, quanto maior a extensão dos desafios, mais expressivas são as tarefas.

"Seja como for, em paralelo a essa realidade que descrevemos, pode-se ter certeza de uma coisa: ninguém está sozinho e desamparado. Sempre existe um cireneu[6] a ajudar cada qual a carregar a cruz de suas atribulações."

Pai João gostou da interferência de José Grosso e, provavelmente aproveitando a experiência de Raul com Diana, resolveu tecer alguns comentários.

— Já falei antes sobre o tema das criações mentais, e Ângelo — apontou para mim — reproduziu parte do que eu disse no seu livro *Legião*,[7] mas sem-

6. Cirene é uma antiga colônia grega situada em parte do território que, na atualidade, corresponde à Líbia. Simão de Cirene é o personagem do Evangelho célebre por ter sido coagido pelos soldados romanos a carregar um madeiro da cruz de Jesus até o Gólgota (cf. Mt 27:32-33).

7. Cf. PINHEIRO. *Legião*. Op. cit. p. 57-69.

pre é bom relembrar e continuar o aprendizado. Todos puderam observar, à distância, a situação de Diana e os insetos — na verdade, as criações mentais que haviam se alojado no corpo espiritual dela — quando Raul ministrou técnicas de magnetismo apropriadas para a descontaminação energética. Quero discorrer um pouco a respeito dessas "pragas" ou de algumas modalidades entre elas.

"Geralmente, meus filhos, as formas-pensamento que se apresentam como duplicatas astrais do inseto conhecido como barata são encontradas em ambientes dotados de certas características. Podem-se citar, entre elas: grande número de pessoas reunidas, concentração de ruídos, música estridente e pouca luminosidade clara, com predominância de luzes escuras, em tonalidades como vermelho e azul-escuro, além de luz negra e efeitos estroboscópicos. Como as baratas se esquivam de toda luz natural, em locais assim encontram vasto campo para se proliferarem, embora sejam criadas e alimentadas pelo influxo mental dos seres humanos cujo comportamento é propício à manutenção dessas criaturas, que lhes absorvem o hálito mental.

"Já as criações análogas a lacraias são associadas a indivíduos desequilibrados sexualmente, pois que se alimentam de energias sexuais e estimulam o desejo ou a libido desenfreada. Essas formas astrais, na maioria das vezes, estão diretamente ligadas a enfermidades tais como contaminação pelo vírus HPV, fissuras anais, fístulas complexas, bem como patologias, inflamações e infecções persistentes ou recorrentes na região genital. Evidentemente, não é o caso de afirmar que toda ocorrência desses males denota a presença de lacraias, porém, é possível atestar que a infestação por esse tipo de parasita costuma acarretar essas consequências nefastas para a saúde. Nego-velho, com isso, quer alertar para o fato de que tudo o que se vê no corpo físico guarda precedente ou relação com aspectos do pensamento, mais ou menos organizado ou desorganizado, e dos comportamentos dele decorrentes, com consequentes repercussões sobre os fluidos e possível atração de criações mentais enfermiças."

Dando um tempo para que pudéssemos digerir o que explicara, o pai-velho resolveu continuar:

— As criações energéticas com aspecto de formiga, por sua vez, costumam causar dores e coceiras sem razão aparente no hospedeiro. Isso acontece porque o parasita ataca o duplo etérico, portanto, o que se sente no corpo físico é apenas uma ressonância do processo lá instalado. Normalmente, tais sintomas tendem a ser resistentes a medicação, seja alopática, seja homeopática. Trata-se de um tipo de contaminação bastante comum hoje em dia, contra o qual existem, assim como para os demais, técnicas de magnetismo altamente eficazes. Esse é um dos motivos por que se aconselha que todo agente dos guardiões superiores — e mesmo todo trabalhador de espiritualidade — se dedique de maneira minuciosa a conhecer, estudar e aplicar magnetismo.

Talvez porque o pai-velho houvesse falado de contaminações fluídicas, ao nos sintonizarmos com o assunto, passamos a perceber que diversos seres estranhos se movimentavam em torno de nós. No entanto, paravam em um círculo imaginário, sem chegarem a nos tocar — os desencarnados —, conquanto isso não se tenha verificado com médiuns em desdobramento.

Algumas das criaturas subiram as pernas de

Raul, que, sem nenhum alarde, livrou-se delas ao projetar raios intensos de seus dedos e suas mãos, como lhe ensinaram nas aulas do lado de cá. Todos observamos os elementais artificiais[8] que se aproximavam, porém, não nos causavam nenhuma estranheza ou mal-estar; nem sequer Raul, encarnado desdobrado entre nós, sentia-se mal diante deles. Pai João, mirando as criações mentais enfermiças na região astral onde nos encontrávamos, falou, bem tranquilo:

— Lembrando o que explicou José Grosso há

8. Elemental artificial é definido como uma criatura originada do pensamento individual ou coletivo, de modo deliberado ou não, que adquire vida autônoma — portanto, *artificial*, já que se trata de uma criação humana, em oposição a *natural*, ou seja, *da natureza* (cf. "Elementais artificiais e naturais". In: PINHEIRO, Robson. Pelo espírito Joseph Gleber. *Além da matéria*. 2ª. ed. rev. Contagem: Casa dos Espíritos, 2011. p. 151-154). Importa lembrar que o termo pensamento, no âmbito das formulações espíritas, não se confunde com mero *raciocínio* ou *ideia*, pois, a não ser no plano didático, não existe completamente divorciado da emoção. *Pensamento* é, nesse contexto, o amálgama indissociável de razão e emoção.

pouco sobre mundos com grande parcela dos habitantes — aproximadamente 75% deles, considerados os dois planos da vida — em estado de ignorância quanto às questões espirituais, estas criações vivem e vibram dentro da aura magnética dos planos inferiores de orbes assim, como aqui, na Terra. Quando os guardiões falam de limpeza e reurbanização extrafísica, referem-se, também, ao expurgo, das regiões ínferas, desses elementos nocivos à vida humana. Portanto, ser um agente em treinamento contínuo implica lidar com esses produtos do pensamento desorganizado, bem como estudar a respeito e manejar técnicas de assepsia energética eficazes contra eles.

"Posso acrescentar que práticas materiais, em geral, são completamente inócuas contra esse tipo de criação mental, até mesmo defumações, na maioria dos casos. É fundamental empregar magnetismo e adestramento mental a fim de eliminar esses elementais artificiais, que podem causar inúmeros problemas aos filhos no corpo físico.

"As criaturas que observamos no entorno derivam de pessoas desencarnadas, isto é, são larvas mentais produzidas por desencarnados em sofrimento. São constituídas a partir de detritos e de matéria pútrida de corpos espirituais em decomposição — ou seja, em estado de deterioração da forma —, bem como de outros descartados quando o processo se consuma e o ser é, enfim, reduzido à situação de ovoide. Os resíduos perispirituais resultantes dessas degenerações, em ambos os casos, são chamados de cascões astrais.

"As larvas mentais, como se revestem de átomos putrefatos de desencarnados, sintonizam-se com pessoas emocionalmente desequilibradas, fascinadas, com surtos emocionais mais ou menos intensos e de longa duração, agravando bastante seu estado."

Ainda tomando um fôlego final em suas explicações valiosas, João Cobú prosseguiu:

— Os elementais artificiais que apresentam feições de serpente são uma espécie de larva vista em locais como prostíbulos, boates e bordéis, onde a promiscuidade sexual e o uso de drogas são comumente associados. Hoje em dia, meus filhos da Terra também os encontram em quartos escuros, os chamados *dark rooms* das baladas, onde tais práticas são explicitamente admitidas e sujeitas ao total descontrole.

"Ficaríamos muito tempo discorrendo sobre o assunto, caso não tivéssemos de continuar nosso percurso. Há muito mais que o exposto a aprender sobre os frutos mórbidos do pensamento desordenado. Como exemplo, podem-se citar as criações mentais denominadas leos e áspis, ambas ligadas, respectivamente, aos sentimentos de orgulho e de ira exacerbados, bem como os chamados vermes e vampiros,[9] os quais se nutrem de sangue e ali-

9. A pesquisa sobre temas da ciência espiritual esbarra, talvez mais do que ocorre noutros ramos do conhecimento humano, nos desafios ligados à terminologia. Com efeito, os nomes adotados frequentemente fazem alusão a palavras do mundo material, cujo significado é extrapolado, por extensão, metáfora ou analogia, a fim de designar conceitos da realidade extrafísica. Além desse inconveniente, apontado pelos espíritos desde a primeira obra de Allan Kardec, há outro fator causador de imprecisão, que é a profusão de nomes usados para se referir a determinada ideia ou objeto a depender da escola de pensamento espiritualista consultada. Nesse aspecto, o termo *vampiro* é comumente empregado

mentos putrefatos, lixo hospitalar e até da sujeira de casas e ambientes desorganizados, todos com efeitos bastante daninhos. Há, também, os escorpiões e os lagartos, que se mantêm de matéria e fuligem astrais em regiões inferiores.

"Esses seres e outros mais fazem parte da atmosfera densa de mundos de provas e expiações e são alvo da limpeza energética intensa contemplada nos processos de reurbanização dos ambientes umbralinos. Asseguro que nada disso é novidade; ne-

para indicar uma classe de espíritos especializada em sugar vitalidade com perícia e determinação. Nesse ponto do texto, porém, o mesmo vocábulo designa um elemental artificial que, segundo informa o médium, é semelhante a uma lagarta munida de ventosas, as quais drenam fluidos e ectoplasma do hospedeiro lentamente. Depois de se abastecer e inchar, tem tal conteúdo extraído por técnicos a serviço de magos negros, que utilizam a criatura mórbida em suas experiências. Apesar de a imagem de uma sanguessuga não corresponder à descrição feita, essa denominação estaria mais próxima da realidade e teria a vantagem de resolver a ambiguidade lexical; contudo, o personagem optou pela nomenclatura já consagrada, segundo ele próprio menciona no parágrafo subsequente.

go-velho não classificou tais criaturas nem é autor dessas breves explicações, pois já foram exploradas por estudiosos da realidade extrafísica há muito."

Dispusemos de certo tempo para refletir acerca das explicações de Pai João, enquanto Raul tratava de algum assunto em particular com José Grosso, talvez visando ao esclarecimento de pormenores. Terminada a conversa a dois, José Grosso retomou a fala que se interrompera.

— Como podem notar, amigos, o ambiente astral e etérico de um mundo de provas e expiações se comporta de acordo com a qualidade do pensamento de seus habitantes, que, na maioria, ainda ignoram as verdades espirituais. Por isso, é muito importante que o agente em treinamento se familiarize com o conceito de *urbanismo extrafísico.* Essa disciplina é crucial, pois se dedica ao estudo minucioso das comunidades, dos biomas, das zonas e dos sistemas de vida deste outro universo — na verdade, este mundo extrafísico no qual nos locomovemos é um universo à parte, com sóis, planetas e biomas, paralelo à realidade física.

"Essas ideias não devem ser estranhas para

quem está inserido no programa de estudo dos guardiões. Mas, para quem só conhece o retrato da espiritualidade a partir da visão de romance propagada em vários círculos, decerto tais coisas ganham ares de novidade.

"As explicações apresentadas por João Cobú objetivam, em última análise, a melhoria das condições extrafísicas, uma vez que munem os espíritos, e principalmente os viajores ou agentes desdobrados, de conhecimento sobre elementos que precisam ser expurgados por meio da limpeza e da queima durante o processo de reurbanização. Entretanto, antes que este se consume, tais criaturas representam obstáculos importantes à ação dos médiuns quando se projetam no mundo astral e interagem com ambientes como este, bem como ao resgate de entidades presas em pântanos assim."

Respondendo a um questionamento que Raul lhe fizera à parte, José Grosso acentuou:

— Não esperem que o estágio de experiências regeneradoras que todos desejam esteja imune a desafios como este que ora observamos. Existe uma convicção muito errônea, alimentada por grande número de espiritualistas, que dá conta de que o mundo *regenerador*[10] seja um mundo *regenerado*, isento de problemas. Nada disso! Talvez o uso largamente difundido da expressão *de regeneração* — também adotada pelo próprio codificador, mas na minoria das vezes —, em vez do termo *regenerador*, contribua para o equívoco. Em mundos dessa categoria, cerca de metade dos habitantes é composta por pessoas com disposições reais para melhorar. Contudo, a outra metade persiste na ignorância e exige cota importante de trabalho, de empenho e de dedicação necessários para reerguer o planeta, reconstruir aquilo que foi destruído ao longo de eras. Portanto, um mundo assim terá, ainda, desafios imensos a serem vividos e vencidos.[11]

"Nos mundos que oferecem experiências rege-

10. Cf. KARDEC. O *Evangelho*... Op. cit. p. 87-89, cap. 3, itens 16-18.

11. Esclarece o espírito Santo Agostinho: "Os mundos regeneradores servem de transição entre os mundos de expiação e os mundos felizes. (...) Mas, ah! nesses mundos o homem ainda é falível e o espírito do mal não perdeu completamente o seu império" (KARDEC. O *Evangelho*... Op. cit. p. 88-89, cap. 3, itens 17-18.).

neradoras, já existe uma tecnologia mais avançada, acompanhada por uma medicina mais espiritualizada. Dão-se os primeiros passos no uso de energia verdadeiramente limpa e proveniente de fontes renováveis, com cada vez menos uso de combustível fóssil ou outro que lhe seja análogo. Fatores como esses são de grande valor, é claro. Ademais, com o ambiente umbralino mais leve, será mais fácil desenvolver atividades humanitárias e humanistas."

Complementando, a fim de encerrar aquela etapa de ensinamentos, o espírito, que fora um cangaceiro em sua última existência física, coroou suas palavras dizendo:

— Já nos planetas chamados felizes, que representam um estágio mais avançado de espiritualidade e um passo além em relação aos mundos regeneradores, contam-se aproximadamente 75% de espíritos voltados ao bem, numa escala que vai de pessoas boas até as de boas disposições. Mesmo aí, porém, há a parcela ignorante de 25%, muito embora, como minoria, não seja capaz de deter a marcha do progresso, que prossegue a todo vapor.

"Nesses orbes existe o emprego de uma tecnologia efetivamente avançada. A captação de energia é feita diretamente do sol ou das estrelas que os iluminam. Observam-se experiências mais maduras com algo similar àquilo que, na Terra, está em estágio primário, isto é, a energia quântica.

"Para subir ao derradeiro degrau, nos mundos denominados celestes ou divinos, a totalidade das pessoas deve ter disposição genuína de crescer e se aprimorar. A tecnologia é associada à exploração das habilidades psíquicas, tais como a telepatia, a telecinesia, a levitação e o uso da antigravidade. A energia cósmica é a fonte principal de abastecimento, e o emprego de naves em viagens espaciais é banido, pois se realizam por meio da consciência, que se projeta pelos mundos do infinito, dominando o chamado espaço-tempo."[12]

12. O capítulo que ora se encerra procura descrever a realidade astral inferior, com ênfase em criações mentais daninhas. Sob certa perspectiva, pode soar despropositado arrolar a classificação dos mundos quanto ao grau evolutivo, numa espécie de revisão da teoria kardequiana, conforme faz o personagem José Grosso. Todavia, segundo esclareceram os espíritos, a explicação consta

Todos ficamos extasiados com as explicações de Pai João e de José Grosso. O tempo se esvaiu, e fomos chamados à continuidade de nossa excursão. Nesse ponto da jornada, Diana era convocada novamente a compor a comitiva de agentes do bem.

da obra com o objetivo de ressaltar que tanto as formas-pensamento doentias como os elementais artificiais enfermiços devem ser, gradualmente, expurgados de mundos de expiações e provas. Ao fazer referência à gradação de planetas mais ou menos adiantados, o autor pretende enfatizar que, para a Terra ascender naquela escala, tal limpeza precisa ser aqui efetuada. Assinala, assim, que se livrar das criações mentais degeneradas é parte inexorável da reurbanização extrafísica, processo sem o qual o orbe terreno não ingressará no estágio seguinte, de mundo regenerador.

E subiu para o barco, para estar com eles, e o vento se aquietou; e entre si ficaram muito assombrados e maravilhados, pois não tinham compreendido o milagre dos pães; antes o seu coração estava endurecido.

MARCOS 6:51-52

CAPÍTULO 5

VIAJORES

eu Deus, como identificar se estou ficando louca ou não? Como adivinhar se tenho visto e ouvido espíritos ou se é um surto psicótico? — assim perguntava Diana à melhor amiga. Ambas trabalhavam há muito tempo numa empresa multinacional e, ao longo de anos de trabalho e amizade, desenvolveram ótimo relacionamento, apesar das idas e vindas, dos altos e baixos normais da experiência reencarnatória. A cidade onde viviam era o Rio de Janeiro, numa zona elegante e relativamente segura, não fossem as dificuldades que, pouco a pouco, tornavam-se comuns.

— Ora, não se acanhe em procurar ajuda! — respondeu Rosário, uma mulher de 39 anos de idade e de uma elegância impressionante. — Sei que não é habitual a gente ter acesso, em nosso meio, a pessoas que possam nos orientar espiritualmente... digo, é claro, pessoas em quem possamos confiar. Mas convenhamos, amiga — acentuava cada palavra para que Diana as pudesse gravar —, não podemos dar a mínima para o que o pessoal comenta! Afinal, nem eu nem você dependemos deles.

Enfatizando muito sua opinião, arrematou:

— Acredito sinceramente que você precisa procurar ajuda espiritual com urgência.

— Procurar ajuda onde, Rosário? Por acaso está insinuando que deva ir a um desses terreiros de macumba da periferia?

— Ora, amiga, há macumbas e macumbas, e não necessariamente o fato de estarem na periferia implica serem ruins, tal como o fato de haver pessoas elegantes e finas morando na zona sul não quer dizer que sejam gente do bem — falou, olhando-a significativamente.

Diana levantou-se da poltrona de *design* renomado em seu amplo apartamento e se dirigiu à sacada, observando ao longe o movimento das pessoas indo em direção à praia. Estava atormentada devido à situação que vivia diariamente.

— Sabe, Rosário, há horas em que julgo que vou me perder, que ficarei louca. Ouço vozes, gente conversando comigo, coisas assim. Muitas vezes me sinto balançando dentro do meu próprio corpo, como se eu tivesse vários corpos... Imagine! Na semana passada, durante a reunião na empresa, em dado momento, eu me vi, literalmente, fora do meu corpo.

— Como assim fora? — Rosário perguntou espantada. — Me conte isso direito! Você não usou algo especial para ter esse tipo de visão?

— Drogas?! De jeito nenhum! Sabe como sou careta... Nunca experimentei nada disso.

— Nunca, nunquinha?

— Bem, nunca é tempo demais, né, amiga? Quando era adolescente, experimentei um baseado, mas só essa vez e nunca mais. Soube, naquele momento, que não era pra mim; jamais me atrevi a experimentar nada do tipo de novo.

Notando o interesse da amiga pelas experiências que tivera, continuou:

— Naquele dia, na empresa — retomou a conversa do ponto em que parara —, antes de ocorrer o fenômeno, ouvi cada um dos diretores falar, e isso parece ter afetado meu cérebro. De repente, as vozes ficaram cada vez mais distantes... Era uma conversa interminável. Juro que o que mais desejei, e o desejei intensamente, foi me ver livre daquela situação. Quis muito estar fora dali... consegui, inclusive, me ver saindo do ambiente, livre de todo aquele peso das conversas que me oprimiam, pouco a pouco. Fechei os olhos por alguns segundos e, quando os abri, estava fora de mim.

— Você estava fora de você? Como num tipo de transe?

— Nem sei como descrever o que me aconteceu, Rosário. Só sei que me vi flutuando acima do corpo; estava quase no teto do salão de reuniões. E, quando olhei para baixo, vi coisas horríveis.

— Me conte tudinho, amiga! Tudinho! Não me esconda nada — pediu, cada vez mais interessada nas experiências de Diana.

— Via os diretores lá embaixo, e eu, quase grudada no teto, flutuava feito um balão. Mas não foi somente isso. Percebi, junto deles, um emaranhado de fios — falava agitando as mãos —, como se fossem cabelos, muitos fios de cabelo, de tão finos, entrelaçando-se entre eles, como se estivessem embaralhados. Eram compridos e em grande quantidade. Em meio a tudo isso, vi seres estranhos. Uns grudados na garganta de alguns diretores; outros se posicionavam em frente a eles, inalando o ar de sua boca, sugando o fôlego deles. Comecei a gritar, a gritar feito uma louca, e, quando me dei por mim, eu gritava já dentro do corpo. Todos olhavam para mim assustados. Levantei-me, repentinamente, impressionada com o que vira e saí sem esperar o fim da reunião, deixando todos sem resposta para o que se passara comigo. Até hoje, coisas semelhantes continuam a acontecer. Simplesmente não consigo controlar... nem tenho conhecimento suficiente para explicar, racionalmente, o que ocorre comigo.

Diana se calou ali mesmo, sem prosseguir com o relato de suas experiências, talvez numa expectativa vã de que a amiga pudesse socorrê-la, esclarecendo o que sucedia consigo. A outra mulher, no entanto, também ficou em silêncio. Buscava algo dentro de si, algo que pudesse ajudar a amiga.

Na semana seguinte, Diana recebeu a colega esfuziante em sua casa, a qual foi acompanhada de alguns conhecidos para lhe apresentar. Um dos homens, empresário de boa reputação, era também médium e pessoa da confiança de Rosário.

— Que prazer recebê-lo em minha casa! Rosário me falou bastante de suas experiências.

— Sinto-me honrado em poder ajudar de alguma forma, senhora. Estes aqui — falou enquanto apontava para os demais — são meu irmão e minha amiga Olga. Ambos são companheiros meus no trabalho espiritual.

— Vocês são macumbeiros? — perguntou Diana, sem titubear nem se dar conta da conotação negativa da palavra *macumbeiro*.

Paulo respondeu sem se intimidar tampouco se melindrar:

— De certa forma, até pode nos chamar de macumbeiros — e riu, dando um ar de descontração à conversa.

Diana ficou sem saber interpretar o que Paulo dissera. Rosário, por sua vez, ficou sem fôlego diante da pergunta da amiga. O irmão de Paulo, Messias, entendeu-a e também não se importou, mas a mulher que os acompanhava se sentiu um pouco ofendida com o termo usado.

— Não se preocupe, Diana — falou Paulo, compreensivo. — Entendemos muito bem a dúvida e não nos incomodamos. Na verdade, nós mesmos falamos, de maneira descontraída entre nós, a título de brincadeira, que somos macumbeiros. Mas a verdade é que estudamos as leis universais e espirituais. Temos um trabalho envolvendo os espíritos e, mais especificamente, nos dedicamos aos processos de cura espiritual, um ramo pouco explorado por nossos irmãos de fé.

— Então vocês devem ter explicações para o que me ocorre. Não sei se Rosário lhes contou a meu respeito — falou baixo, como se temesse que outras pessoas escutassem. — Acho que estou enlouquecendo.

Os visitantes se entreolharam e deixaram claro, pela expressão facial, que entendiam o que Diana sentia.

— Não se preocupe, Diana. Na verdade, o que se passa com você é o mesmo que acontece com todos nós. Isso se chama mediunidade. E, é claro, podemos ajudá-la caso queira.

A conversa na casa de Diana demorou ao menos umas três horas. Paulo e Messias convidaram-na a conhecer o local onde se consagravam ao trabalho espiritual, notadamente certa atividade diferente das reuniões habituais que realizavam, a fim de que a mulher pudesse ter uma ideia da diversidade da questão espiritual.

No dia marcado, Diana e Rosário se dirigiram à instituição onde atuavam Paulo e os demais. Era um lugar muito simples, até pequeno demais perante a importância do trabalho ali realizado. Ao subir as escadas que davam acesso ao local, Rosário foi acometida de uma pressão em torno da cabeça e percebeu os sentidos levemente alterados. Diana, por sua vez, notava apenas certo temor; temor do desconhecido, nada mais.

Tal como os demais frequentadores do local, Diana tirou os sapatos e passou por uma porta com cortinas escuras. O ambiente estava imerso em penumbra. Sem entender o porquê, a mulher sentiu mais medo, um medo descomunal a princípio. O coração disparou... Só aos poucos foi relaxando, à medida que uma voz explicava o que ocorreria naquele ambiente pouco iluminado. Havia mais ou menos trinta pessoas ali presentes, todas de branco e em silêncio, fazendo suas orações. O clima ameno do ambiente colaborou para que Diana e Rosário se acalmassem.

O dirigente permanecia esclarecendo cada passo da reunião, a fim de deixar todos informados.

No interior de uma cabine, alguém se encontrava deitado numa maca, dormindo. Era o médium através do qual o fenômeno mediúnico se produziria de maneira mais intensa. Aliás, um dos médiuns, pois o próprio Paulo, embora oficialmente não fizesse parte do grupo que oferecia recursos para os espíritos se materializarem, doava boa parcela do ectoplasma necessário à realização do processo.

Assim que se iniciaram os trabalhos daquele dia, os consulentes foram encaminhados aos poucos às macas, as quais permaneciam na penumbra do ambiente. Dentro da cabine, processos psicofísicos estavam em andamento.

No limiar entre os dois mundos, iam e vinham espíritos especialistas em manipulação da semimatéria do plano existencial, sobreposto ao físico. Era um verdadeiro laboratório de transposição entre diferentes camadas da realidade. Equipamentos sofisticadíssimos foram ali instalados, de modo que os técnicos siderais pudessem modular a frequência energética da matéria do outro universo para, mais tarde, fazê-la atravessar a delicada teia que separa as dimensões.

No contato entre a matéria física e a matéria quintessenciada do astral superior, precipitavam-se fagulhas de energia, que eram vistas como luzes coloridas, acompanhadas de pequenos estampidos, ocos, como se houvessem ligado um comutador elétrico. Raios de pequena extensão rasgavam a sala, cuja escuridão agora lembrava a do espaço profundo. Um frio, também profundo, assolava o ambiente, enquanto sons, centelhas e perfumes eram percebidos pelos presentes, num processo incrível da ciência sideral. As pessoas mantinham os pensamentos ligados ao cerne dos fenômenos, que chamavam a atenção de todos ali.

De repente, uma substância quase gasosa, semimaterial, fluida, quase etérea passou a ser exsudada por meio de várias vias a partir do homem que dormia na cabine. Elétrons e prótons da dimensão vizinha se chocavam com fragmentos próprios da realidade material. Um canal se rompeu entre universos tão distintos. Leis completamente diferentes daquelas que a física humana concebe entraram em ação e produziram uma abertura dimensional, um rasgo na delicada tessitura que delimita os dois níveis de existência. Matéria de natureza sutil chocava-se com matéria convencional do mundo das formas. Partículas atômicas colidiam com elementos materiais, inclusive com elementos orgânicos. Do homem estirado sobre a maca, o qual desempenhava o papel de bateria energética, de transformador vivo, desprendiam-se corpúsculos, substâncias, células e átomos mentais, num amálgama ainda não pesquisado o suficiente pelos homens da ciência terrena, lamentavelmente.

Ao menos sessenta técnicos do universo superior foram necessários para desencadear os fenômenos, que durariam apenas alguns minutos, além de viajores e especialistas nas áreas de saúde e física astral, bem como em outras disciplinas nada convencionais para os humanos da Terra. Essa era apenas uma porção daquilo que se desenrolava dentro da câmara de transposição dimensional, conhecida, entre os encarnados ali presentes, como cabine de materialização.

Do outro lado do universo desconhecido, um

grupo de viajores se programou para atravessar a fronteira entre mundos. Estavam todos já posicionados, munidos de equipamentos da técnica sideral, prontos para atuar, no mínimo espaço de tempo, em favor dos habitantes da Crosta. Faculdades e pensamentos em máxima concentração. Uma enorme câmara, paralela à diminuta cabine onde jazia o principal médium, era preparada no chamado Além. Ao erguer uma das mãos, o técnico de dimensões emitiu a ordem para acionar o equipamento de transposição entre os universos. Era um momento solene aquele em que seres de mundos diferentes travariam contato mais estreito. Do lado oposto, no plano dito físico, elementos sutis também extravasavam do homem deitado sobre a maca.

Paulo, intimamente conectado ao Alto, irradiava fluidos que eram imantados com as emanações do doador de recursos do laboratório intermúndio. Assim que foi dada a ordem no plano superior, para além das teias que separam os níveis de realidade, fios tenuíssimos ramificaram-se a partir de Paulo e do médium na cabine, os quais se ligaram a todos os encarnados. Havia energias sendo exaladas, exsudadas de todos ali presentes, mesmo daqueles que seriam tratados na reunião. Quem tivesse as percepções ampliadas veria o caudal de recursos sendo manipulado por operadores dos dois lados da vida.

O técnico sideral deu o sinal definitivo para os viajores entre mundos. Os pensamentos deveriam estar conectados entre si e em sintonia com o pensamento dos indivíduos corporificados no outro mundo, aonde iriam. Uma usina de força com potencial análogo ao de uma usina nuclear da Terra fora acionada no universo paralelo. Luzes se acenderam, e, tão logo se abriu um rasgo dimensional e se avistaram as estrelas do outro universo — o material —, faíscas começaram a surgir como resultado da ruptura do tecido sutil intermúndio. Matérias vibratoriamente distantes entre si colidiam, enquanto pensamentos dos homens ali reunidos passaram a interferir no processo. As formas-pensamento geradas por eles eram absorvidas por equipamentos invisíveis, conforme previsto, consumindo grande cota de energia.

De repente, o portal que produziria o salto quântico entre dimensões se abriu. A princípio, um remoinho de energias de esferas diferentes. Depois, mediante as baterias vivas de ambos os mundos cedendo recursos, iluminou-se a abertura dimensional. De fato, no reino paralelo, a dimensão extrafísica, também eram necessários seres que doassem fluidos para se somarem aos dos homens.

Rompeu-se a delicada membrana, e os viajores, chamados de espíritos pelos habitantes da outra margem — a do plano material —, receberam ordem para fazer a travessia. Uma sensação que os humanos provavelmente classificariam como dor era experimentada pelos viajores. Perpassava-lhes os corpos sutis, constituídos de outro tipo de matéria, como uma espécie de efeito colateral da transposição ou da corporificação temporária na realidade para onde se transportavam. Tragados pelo remoinho de energias, eram como que arremessados entre os planos da existência. O processo, entretanto, não os transformaria em *agêneres*;[1]

1. "Se, para certos Espíritos, [ao se manifestarem como aparição tangível,] é limitada a duração da aparência corporal, podemos dizer que, em princípio, ela é variável, podendo persistir mais ou

guardariam as características de seres da dimensão original, porém, seriam revestidos de moléculas da matéria física de maneira temporária.

O homem deitado na cabine servia como bússola ou farol, transmitindo a localização aos viajores para que não se materializassem em universo distinto. A glândula pineal, emitindo um tipo específico de frequência, assinalava o destino. Sons, luzes e aromas eram percebidos nas duas dimensões. Ruídos decorrentes do choque entre os dois tipos de matéria eram ouvidos com nitidez pelos encarnados.

No mundo original, primitivo, ouviam-se os téc-

menos tempo; pode produzir-se a qualquer tempo e a toda hora. Um Espírito cujo corpo fosse assim visível e palpável teria, para nós, toda a aparência de um ser humano; poderia conversar conosco e sentar-se em nosso lar qual se fora uma pessoa qualquer, pois o tomaríamos como um de nossos semelhantes" ("Os agêneres". In: KARDEC, Allan. *Revista espírita*. Rio de Janeiro: FEB, 2004. p. 62 (v. 2, 1859). Além dos numerosos exemplos citados no periódico editado por Kardec, um agênere protagoniza uma das obras do autor espiritual (Cf. PINHEIRO, Robson. Pelo espírito Ângelo Inácio. O *agênere*. Contagem: Casa dos Espíritos, 2015).

nicos falarem, quase eufóricos, mas também reverentes perante a beleza, o sentido e o objetivo último do fenômeno. Além disso, eram gratos por conhecerem e poderem aplicar as leis universais a fim de produzir o intercâmbio intenso, quase molecular, entre dois mundos de frequências materiais diferentes.

— Precisamos de mais energia. Liberem mais baterias de pura luz, de plasma! Acionem os fótons encapsulados e os transfiram para o equipamento de modulação frequencial! — determinava firmemente o técnico sideral, enquanto se manipulavam instrumentos de uma tecnologia que os homens do planeta ignoravam.

Equipamentos se acionaram e fizeram-se comutações. Irromperam forças descomunais, imediatamente canalizadas para o limiar entre dimensões, uma zona neutra, também desconhecida dos humanos encarnados. Era a mesma tecnologia empregada por algumas civilizações do espaço para saltarem entre galáxias e mundos distantes entre si.

Os viajores foram projetados com força colossal no mundo distante vibratoriamente. Materializaram-se dentro da cabine, ao lado do homem que se fizera de transformador vivo, o qual permanecia deitado. Uma nuvem espessa de fluidos, misturados às substâncias ali processadas, agregou-se às partículas dos corpos espirituais, dando origem a réplicas muito semelhantes aos corpos das pessoas ali presentes. Pouco a pouco, estabilizaram-se as moléculas físicas ora associadas aos perispíritos dos viajantes.

O médium cedia elementos sutis até em nível celular, além de substância mental naturalmente exsudada pela mente em transe. Emitia uma luz incomum; parecia que seu corpo se esvanecera com a finalidade de emprestar átomos e moléculas a seres de um mundo distante, que vibra numa frequência diferente, menos densa. O sistema nervoso do sensitivo era visto pelos visitantes da outra dimensão como uma amálgama de fios elétricos iluminados, milhares de fios, que se estendiam por todo o organismo. O cérebro lembrava uma usina de forças, completamente iluminada, que irradiava elementos caros ao processo de transporte entre planos, visando à materialização e à transfiguração.

Quanto aos viajores, os espíritos que gradualmente se corporificavam, nem todos poderiam sair da câmara de experiências extrafísicas. Desempenhariam ali mesmo suas funções, apoiando os demais, sobretudo os técnicos da saúde, que precisavam condensar em nível máximo seus corpos de natureza energética superior, a ponto de se fazerem plenamente visíveis às pessoas no salão. Depressa, puseram-se a trabalhar. Tinham pouco tempo antes de se exaurir a cota disponível da energia conhecida pelos homens como ectoplasma.

Os técnicos acionaram os aparelhos no interior da cabine e, primeiramente, estabilizaram as moléculas do médium, evitando consequências indesejáveis. Não conseguiriam impedir, no entanto, que parte de suas moléculas e células fosse arrastada pelo remoinho de fluidos dimensionais e dispersos no espaço intermúndio, muito embora fosse uma parcela mínima de tais elementos. Afinal, o corpo fora estabilizado, mantendo a segurança e a coesão molecular. Então, era hora de ajustar as propriedades da matéria densa, tornando-a apta a revestir os fantasmas do Além, isto é, a conformação perispiritual mais ou menos vaporosa dos viajores.

Os visitantes, a princípio, assemelhavam-se a criaturas esvoaçantes, mas apenas enquanto o ectoplasma, associado a substâncias secundárias, ia preenchendo as moléculas de matéria astral, de modo gradativo, tornando os fantasmas perceptíveis aos habitantes do planeta visitado: o mundo das formas. Finalmente concluído o processo, mediante a dedicação e a perícia dos operadores siderais, um dos seres se destacou e deixou o escuro da cabine, projetando luz notável, que irradiava de cada célula de seu novo corpo semimaterial, semivaporoso.

Apesar de consolidado o fenômeno, não havia como descuidar dos equipamentos da tecnologia superior. Pensamentos influiriam no resultado, assim como emoções, afetando até mesmo o transporte de recursos provenientes de variados sítios da natureza, que representavam importante auxílio às atividades de cura. Em muitos casos, diante da escassez de elementos psíquicos e estruturais em processos do gênero, os viajores preferem economizar energias, evitando a completa materialização, e empregá-las no tratamento dos encarnados.

No momento em que foi aberta a cortina da

cabine, o que todos viram sair de dentro dela foi um ser proveniente de outra dimensão, de outro universo, cuja ciência está centenas de anos à frente da ciência do mundo físico.

Rosário e Diana ficaram de olhos esbugalhados ante o fenômeno que testemunhavam. Viram o ser cintilante exibindo reverberações das luzes produzidas pelo entrechoque das matérias de duas dimensões, fato que, aos olhos dos presentes, ganhava ares de milagre.

Paulo, que ficava sentado bem defronte à cabine, descrevia o que se passava ali dentro, pois, além de conhecer o fenômeno, era dotado de clarividência extrafísica — à parte o influxo de energias que emprestava ao processo. Quanto ao evento em si, nada havia de místico ou religioso, mas era o produto de conhecimento e técnica superiores, do manejo de leis físicas e energéticas de duas dimensões.

Paulo conduzia, gradativamente, os consulentes às macas, à medida que um a um era atendido pelo médico do espaço, que se comunicava com voz longínqua, como se falasse do interior de um túnel. Assim se dava devido à exiguidade de energias disponíveis, pois ele, o médico do espaço, usava a maior cota a fim de estabilizar o corpo materializado, em vez de utilizá-la somente no tratamento em curso.

Depois de algum tempo, foi a vez de Diana ser levada à maca, em meio à escuridão do ambiente, necessária para evitar a dispersão do ectoplasma. Ela deitou-se trêmula, aguardando que sentisse um choque, alguns arrepios, visse cenas mirabolantes ou coisas assim. Mas nada disso aconteceu, pois o fenômeno em si ocorrera antes, durante o processo de materialização propriamente dito. Agora, para sua decepção, estava ali tão somente um homem alto, corpulento, munido de aparatos de uma tecnologia ignota. Como se revestia da matéria densa, exibia feições quase tão físicas quanto as das outras pessoas; jamais ela veria ali um ser esvoaçante, transparente ou etéreo. Após o processo de corporificação, o médico do espaço apresentava todas as nuances de um ser encarnado: era visível, palpável, embora essa aparência pudesse se dissolver a qualquer momento, caso julgasse necessário.

O médico aproximou-se de Diana e estendeu a mão direita, como que esperando algo acontecer.

Os técnicos de prontidão, do outro lado da barreira dimensional, acionaram os equipamentos no outro mundo e logo materializaram, sobre a mão do espírito, um artefato minúsculo. À frente dos presentes, tendo a mão iluminada durante quase todo o tempo, o médico localizou um ponto no cerebelo de Diana e transferiu o instrumento, implantando-o ali. Imediatamente, o objeto diminuto pareceu ganhar vida dentro da cabeça da mulher, estendendo fios invisíveis aos olhos humanos, mas, nem por isso, menos reais. Alastraram-se por certas regiões do cérebro físico, acionando faculdades ainda não exploradas pela ciência terrena.

Logo Diana se acalmou, pois não sentira absolutamente nada. A técnica empregada era completamente indolor e coibia até mesmo a percepção do que era feito no próprio corpo. Tudo quanto experimentou foi um leve adormecimento, como se houvesse sido aplicada anestesia local. Sentiu, apenas, vontade de dormir. Para ela, realmente chegara a adormecer, ainda que por poucos segundos. Em seguida, o médico retirou-se para atender outro consulente, pois não dispunha de muito tempo antes que se fechasse a janela dimensional e fosse obrigado a retornar à pátria original.

Diana sentiria os efeitos do tratamento já no primeiro dia após a intervenção superior. Não veria mais seres de realidades paralelas, espíritos, com a constância de antes. As vibrações de seu corpo energético foram atenuadas, arrefecidas, de modo a evitar desequilíbrios diversos, ao menos até que tivesse conhecimento para administrar serenamente os fenômenos de que poderia ser o epicentro. Talvez tivesse ocorrido alguma complicação durante o processo de formação do seu corpo físico. Quem sabe, ainda, o programa reencarnatório não houvesse funcionado corretamente e, ao médico do espaço, coubesse corrigir a frequência em que vibravam as células do perispírito. De qualquer maneira, a partir dali, Diana ganhava determinado tempo para se preparar e, então, enfrentar os desafios inerentes à própria vida, descobrindo, até mesmo, se cumpriria o projeto existencial — conforme traçado no período entre vidas, na erraticidade — ou se acabaria por concluí-lo em outra oportunidade, em futura encarnação.

Finalmente a reunião terminou, com o retorno dos seres à sua dimensão original. O processo de materialização se encerrara. Paulo se deu por satisfeito, muito embora Diana, somente mais tarde, algumas semanas depois, compreendesse o que fora feito com ela. Inicialmente, não sabia o que lhe sucedera. Somente depois de perceber que as visões diminuíram, que parara de ouvir palavras e sons indecifráveis em seu cérebro foi que chegou à conclusão de que recebera auxílio real das entidades materializadas. Contudo, continuou ignorando a riqueza do fenômeno, bem como os intricados processos levados a efeito a fim de produzir o transporte e a materialização de seres do mundo extrafísico, se bem que, na verdade, ninguém precisa entendê-lo em minúcias para ser por ele beneficiado.

E não nos conduzas à tentação, mas livra-nos do mal, porque teu é o reino, o poder e a glória para sempre. Amém.

MATEUS 6:13

CAPÍTULO 6

ESPIRITUALIDADES

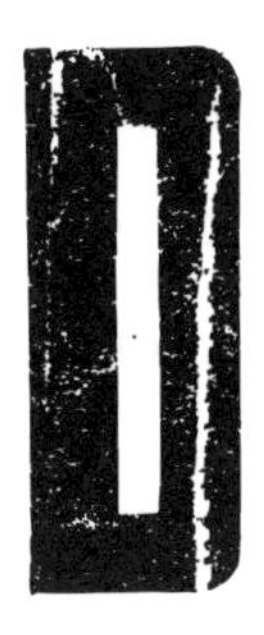

ois anos se passaram desde que Diana comparecera à reunião de materialização em que recebera auxílio do mundo invisível. Após esse tempo, Paulo resolveu apresentá-la a determinada mulher, que trabalhava com espíritos em outro tipo de abordagem, diferente do estilo adotado por ele em seu núcleo de atividades espirituais.

— Mas pensei que você não gostasse desse tipo de coisa, sabe? — falou Diana para Paulo, julgando que ele fosse avesso a certas espécies de manifestação da espiritualidade.

— Que tipo de coisa, Diana? Reuniões com pretos-velhos e caboclos? Não somos especialistas nessa área. Contudo, saiba que, em nossa casa, espíritos de toda procedência são bem-vindos. Trabalhamos com eles independentemente das características com que se apresentam, pois a única credencial válida é a elevação moral. Por essa razão, sugiro que venha conhecer alguém que admiro muito, devido à seriedade com que administra as questões espirituais. Você terá oportunidade de ao menos conhecer outra face do assunto.

Dias depois, os dois se puseram a caminho de uma casa onde ocorriam atendimentos espirituais, porém de maneira bem diferente daquela que Diana conhecera com Paulo.

Ao chegarem ao local, a pupila percebeu, logo de início, muitas discrepâncias, embora fossem mais na aparência do que no cerne das questões, como ela descobriria em breve. Adentraram um salão onde havia um altar com imagens alusivas a diversos santos da Igreja Católica, embora ali ninguém fosse católico. Somente mais tarde, Paulo ofereceria a Diana um livro por meio do qual ela poderia aprender, num texto destituído de preconceito, as distinções entre uma e outra escola de abordagem espiritual. Por ora, Paulo se limitou a apresentá-la à mulher que coordenava as tarefas.

— Seja bem-vinda, Diana! Que bom que veio ao nosso trabalho singelo. Pode ficar à vontade, pois logo iniciaremos as atividades. Caso queira, pegue uma vela ali — apontou em direção a um canto, uma espécie de bancada, onde havia velas em quantidade, de variadas cores.

A visitante preferiu sentar-se em vez de acender uma vela, ao menos no primeiro momento. Porém, ao notar que a maior parte das pessoas, ao chegar, procurava uma vela e ia rezar em frente ao altar, levantou-se sem pestanejar e fez o mesmo. Ao se aproximar da mesa onde rebrilhavam as chamas, vislumbrou certo fulgor envolvendo o local, para além da mera luminosidade física. Depois de tanto tempo sem nada perceber do mundo espiritual, desde a reunião de materialização no núcleo onde Paulo atuava, Diana quase sentiu medo ao identificar a aura em torno das velas e também dos móveis do ambiente. Resolveu ficar calada, sem relatar o fato nem mesmo a seu preceptor. Como Rosário, dessa vez, não os acompanhara, guardou para si as impressões que brotavam pouco a pouco em sua alma. Nos dois anos que haviam se passado, Diana leu alguns livros e frequentou reuniões que aconteciam quinzenalmente na casa de Paulo.

Ela pegou uma vela azul e foi em direção do altar, sem perceber mais detalhes do que a luz que emanava dos objetos.

Do outro lado do véu da vida, mensageiros caminhavam de um lado a outro, realizando as tarefas assistenciais devidas em relação aos visitantes, cujo número crescia a cada momento. O altar estava repleto de energias, as quais decorriam da mentalização dos fiéis, que encontravam refúgio naquela casa de caridade.

Tão logo chegou o coordenador espiritual dos trabalhos, começaram os preparativos para o atendimento dos consulentes da noite.

— Não teremos muito tempo hoje, amigos — informou o dirigente, uma entidade de porte alto e esguio, com um vigor na voz que denotava intenso magnetismo. Era um conhecedor das dores da alma humana. Sabia muitíssimo bem abordar as dificuldades emocionais e penetrar os escaninhos da alma para aliviar as tensões e tratar os traumas de quem o procurava. No entanto, não era interpretado da forma como gostaria por todo médium com quem trabalhava.

Espíritos aproximavam-se das pessoas com um

instrumento nas mãos, medindo-lhes a frequência vibratória e informando os resultados àqueles que incorporariam nos médiuns para atender os visitantes. Eram aparelhos delicados e precisos.

Apesar disso, a maioria dos sensitivos, incluindo Sônia, a mulher que dirigia as atividades, nem sequer tinha noção dos recursos empregados pelas entidades. Ela fora ensinada de determinado modo, na juventude, e reproduzia esse ritmo em sua casa, situada no subúrbio da cidade. Agia conforme a própria fé e a inspiração — quanto a esta, tal como julgava recebê-la. Detinha pouquíssimo conhecimento técnico, embora soubesse bastante a respeito de outras questões, principalmente dos rituais concernentes ao culto ao qual se filiava. Fazia tudo com dedicação e amor genuíno.

Os médiuns se posicionaram em torno de Sônia e responderam ao toque do atabaque, entoando canções de acordo com o ritmo. Nesse momento, um dos técnicos do outro lado do véu que separa as dimensões indagou o espírito no comando:

— Como consegue lidar com instrumentos de trabalho tão peculiares, tal como ocorre aqui, neste ambiente? — questionou, embora não discriminasse o método pelo qual sucediam os atendimentos espirituais ali.

— Devemos atuar com as ferramentas que temos à disposição, meu amigo — respondeu o dirigente. — Não há como esperar das pessoas, de nossos médiuns, aquilo que ainda não estão aptos a oferecer. Usamos suas energias, seu coração da forma como se apresentam.

O atabaque continuou a tocar, sob a cadência do ogã, que mantinha o ritmo e o tom dos cânticos de modo primoroso, dentro de uma ritualística própria. Todos no salão que conheciam as músicas e os mantras o acompanhavam. Paulo balbuciava algumas delas, balançando a perna direita em conformidade com a cadência. Assim que o atabaque ressoou, porém, algo além de ondas sonoras começou a repercutir, a reverberar pelo ambiente. Somente poucos espíritos ali eram capazes de detectar as antenas dispostas em círculo, as quais captavam as irradiações das canções. À medida que o instrumento de percussão retumbava no âmbito astral, acionavam-se aparelhos cuja operação, de alguma maneira, era possível graças ao compasso da música, ao ritmo, à melodia. Era como se tudo aquilo fosse combustível para o funcionamento da tecnologia empregada ali, cujo disfarce tinha por finalidade coibir a interferência de espíritos desqualificados no andamento das atividades.

— Observe os aparatos em operação — disse o dirigente, orientando a entidade com quem conversava.

Os instrumentos ligados difundiam um som harmonioso, quase imperceptível. Junto com esse som, um espectro de luzes era emitido, atingindo em cheio a plateia, que, naquela altura, entregava-se totalmente aos cânticos, os quais invocavam as entidades comprometidas com a casa. As pessoas na assistência nem ao menos cogitavam estar sob a intensa observação dos técnicos astrais, tampouco que recebiam tratamento ionizante e descongestionante de energias densas ou contagiosas. Próximo a cada uma delas, espíritos de aparência muito comum ministravam magnetismo, liberando as auras de outros elementos nocivos. Ao agir, a equipe de magnetizadores oferecia mostras de como aproveitar o ritmo da música. De acordo com a entonação dada aos cânticos, placas de fluidos malsãos desprendiam-se das pessoas e caíam sobre o piso. Em seguida, eram integralmente absorvidos ou tragados, descendo até o solo, por mecanismos obscuros, onde eram pulverizados chão adentro.

Chegou o instante em que a entidade diretora dos trabalhos se comunicaria com os presentes. Somente Paulo notou, por meio da vidência, que o aspecto e os maneirismos do espírito diferiam largamente do modo como a médium se manifestava. O dirigente vestia-se conforme um homem comum. Apresentava-se serenamente, como um ser dos mais simples, no cotidiano da vida espiritual. Ao aproximar-se de Sônia, porém, esta se remexia toda, balançando de um lado para o outro, como se fosse perder o equilíbrio. A movimentação parecia responder ao ritmo dos atabaques. Ela respirou fundo e rodopiou celeremente, dada a aproximação do mentor, o qual permanecia tranquilo a seu lado; afinal, não era necessário se justapor ao corpo dela. Apenas irradiava-lhe pensamento, que era captado pelo seu psiquismo. Ele parou, aguardando que ela terminasse o processo de percepção da entidade comunicante.

A mulher deixou de tremer, pouco a pouco, enquanto o ser afinava a sintonia vibratória com ela. Começaria, então, a etapa seguinte, quando a médium o interpretaria de acordo com sua cultura espiritual e os ensinamentos que recebera durante sua formação religiosa. Deu um grito, um brado e logo rodopiou novamente, colocando-se ajoelhada, diante do altar, batendo com o punho no peito. O espírito se manteve de pé, sereno, em nada similar ao que a médium transmitia. Entretanto, o gestual dela se fazia necessário devido às crenças nela inculcadas sobre seu ministério, muitíssimo compenetrada que era acerca do compromisso espiritual. Para a entidade comunicante, é claro, tudo aquilo seria dispensável; não obstante, sempre respeitava o estilo de condução que Sônia imprimia no trabalho e o modo como demonstrava o transe mediúnico. Ela precisava desse aparato todo para se sentir segura. Ademais, quem poderia garantir que a assistência e até mesmo os praticantes do culto estivessem aptos a prescindir de toda aquela *mise-en-scène*?

— Boa noite, meus amigos e irmãos de fé! — principiou a entidade, inspirando a médium que lhe traduzia as palavras aos presentes. — Salve, Deus! Salve a luz! Salve o Caboclo das Matas! — pronunciava a mulher incorporada. — Venho, em nome do eterno bem, trazer a vocês o ensinamento do Alto junto com a proposta de mergulhar na própria alma para conhecer um pouco mais das causas e das consequências das atitudes no cotidiano. Cantemos todos, meus filhos, pois, agora, vamos nos aprofundar em cada um e trazer à tona tudo aquilo que não está resolvido em sua vida. Vamos enfrentar, com a ajuda dos caboclos, os traumas que perturbam os filhos de Terra. É hora de se livrarem do peso que incomoda e das forças contrárias, que impedem meus filhos de serem felizes.

Antes que a entidade continuasse, o ogã deu o tom, e todos começaram a entoar um cântico que falava do caboclo ora incorporado. Mentalmente, a entidade explicou ao técnico astral que o indagara minutos antes e viera auxiliar nas atividades:

— Há que se compreender que, entre o que falamos, o que o médium percebe e o que o povo interpreta, a distância é muito grande. Por isso, é tão importante que os médiuns estudem sempre, abram sua mente, a fim de conseguirem acessar as correntes de pensamentos superiores que os instruirão e os direcionarão.

Concluída a abertura da gira, outros espíritos da equipe incorporaram, um a um, todos obedecendo ao mesmo ritmo e também à capacidade de interpretação de cada médium, considerando o que se desejava transmitir-lhes. Depois de algum tempo, durante o qual aguardou, pacientemente, que fosse colocado um cocar sobre a cabeça de Sônia, o coordenador espiritual começou a atender os consulentes individualmente. Paulo entrevia a cena, registrando como a entidade esperava, com tranquilidade, que a médium cumprisse o ritual prescrito, por sua forma de se relacionar com o invisível.

À parte qualquer ressalva que se pudesse fazer, o fenômeno em curso era real, genuíno. Não havia mistificação, muito menos charlatanismo, ainda que coubesse à equipe de espíritos se submeter às limitações oferecidas pelos sensitivos e por suas crenças. Iniciaram as consultas munidos de cocar, colares coloridos e, no caso de um ou outro médium, um charuto, o qual tinha a finalidade de transmutar energias contagiosas que porventura restassem do processo de limpeza precedente. Paulo permanecia sentado e, mentalmente, conversava com o mentor da reunião, pedindo justamente por Diana, até que ela foi convidada a conversar com o próprio Caboclo das Matas, que atendia através de Sônia.

— Como vai, filha? O que a incomoda a ponto de nos procurar em nossa humilde casa de oração e caridade? — perguntou a entidade incorporada.

Tremendo dos pés à cabeça, Diana balbuciou algumas palavras, mas foi somente após o espírito aplicar-lhe um jato de energias balsâmicas que ela conseguiu realmente falar a que vinha.

— Ah! Meu pai... — principiou a mulher. — Venho de um longo período de procura, de busca por um caminho espiritual que me dê tranquilidade e seja apropriado a meu jeito e a meu ritmo de vida. Em toda essa estrada, eu ainda não consegui me encontrar ou quem sabe encontrar um meio adequado de me realizar espiritualmente, de me conduzir no trabalho espiritual.

O caboclo deixou a mulher falar sem interrompê-la. Porém, enquanto ela falava, penetrava-lhe a aura, devassando seu psiquismo e seu mundo íntimo. Viu alguém ansioso por ser útil e por deixar sua marca, suas pegadas, fazendo algo em benefício da humanidade. Por outro lado...

— Sabe, minha filha, o que caboclo vê agora é uma mulher cansada de procurar caminhos e errar por estradas tortuosas. Caboclo nota uma busca incansável por respostas, mas também percebe alguém desgastado por perder tempo com certas questões do mundo. Você esbanjou fortuna, desperdiçou o poder que amealhou ao longo dos anos e viveu fartamente um momento em que não tinha contato com a espiritualidade. A partir do instante em que seus olhos começaram a enxergar o que os olhos comuns não enxergavam, quando a filha começou a ver além do que os outros homens veem, descobriu que já não se sentia mais à vontade com a vida que levava. No fundo de sua alma, sabia que as coisas mudariam desde então. Sabia e sabe mais ainda: sabe que tem uma tarefa espiritual, mas que essa tarefa é muito incômoda para o estilo de vida que minha filha leva agora. Portanto, veio bater à porta desta casa, mas aqui ainda não é o seu lugar.

"É importante conhecer mais, minha filha. É preciso se aprofundar no conhecimento, porque terá muito a fazer, mas não no formato que minha filha viu até agora. A filha terá de voar muito, subir muito acima da matéria, do corpo físico; terá de se desnudar espiritualmente. Que libere as cargas emocionais e mentais que a prendem a um estilo de vida que não é exatamente errado, mas que, neste momento, não coincide com essa nova etapa de trabalho que logo vai descobrir e iniciar."

Paulo parecia ouvir tudo, concentrado que se mantinha, ainda que a relativa distância, no salão. É que os pensamentos da entidade comunicante passavam também pela mente dele, que já se habituara às questões ligadas à mediunidade. De certa maneira, acompanhava a conversa, pois a entidade permitia que ele participasse do colóquio com a mulher.

— Que farei, então, meu pai? — perguntou Diana, quase mendigando uma luz para que pudesse se encontrar.

— Estude, minha filha! Estude muito, e tudo o que puder, em matéria de espiritualidade. Você encontrará seu caminho bem antes do que imagina, pois espíritos amigos já sabem de sua busca, e a filha já foi atendida por emissários do Mundo Maior. Você recebeu um auxílio muito grande, um tempo para que pudesse se preparar. Daqui a pouco, será procurada pelos espíritos de luz e, então, somente então, começará a se sentir realmente útil. Até lá, continue orando e pedindo orientações lá de cima, do Alto, pois a filha não está sozinha nesta caminhada.

Aquelas foram as palavras que a ajudaram a iniciar sua jornada com alguma luz e serenidade, mais do que obtivera até então.

Alguns dias depois, após os eventos se sucederem na linha do tempo, Diana saía do trabalho com o pensamento voltado aos assuntos mais urgentes a resolver no campo profissional, sem qualquer preocupação acerca das questões espirituais, que se diluíram ante os desafios da vida cotidiana. De repente, sentiu-se mal. Era algo diferente do habitual, que interpretou como um mal-estar de procedência ignorada. Inicialmente, parecia algo de origem puramente física. Dirigindo, apressou-se o quanto pôde rumo a seu apartamento. As cenas que via nas ruas por onde passava pareciam se confundir com outra realidade, que ela não sabia dizer se era algo concreto ou talvez fruto de uma crise psicótica. Somente então começou a perceber que havia algo mais que físico em seu mal-estar. Chegou a pensar assim porque um psicólogo amigo a influenciara em certa medida, cogitando a possibilidade de que enfrentava algum distúrbio psíquico, o qual reclamava urgente intervenção psiquiátrica. Diana rejeitou a ideia no ato, embora determinados conceitos martelassem em seu cérebro.

Passou veloz defronte ao Café Leblon e virou à esquerda, conduzindo pela Avenida Ataulfo de Paiva, no fluxo dos demais veículos, quase deixando de reconhecer o trajeto que fazia quase todos os dias. Ao cruzar o Shopping Leblon, já apresentava sintomas de transe, mal conseguindo manter a consciência do percurso. Chegando em casa, minutos depois, nem ao menos se apercebeu de como subiu o elevador e, em seguida, entrou no apartamento. Jogou-se sobre a cama, deixando as janelas abertas, a fim de que entrasse um pouco de ar refrescante. A seu redor e em sua mente, pairavam cenas de um mundo vibratoriamente distante, mas, ao mesmo tempo, próximo, devido às criaturas que iam e vinham entre uma e outra dimensão da vida.

A paisagem do entardecer definitivamente não era tranquila. Mesmo no Leblon, o panorama energético não era tão bonito quanto as praias, as montanhas e as ruas charmosas. Tudo se assemelhava a um mosaico de situações confusas, que transcorriam ao mesmo tempo e no mesmo espaço, a julgar pelas impressões de Diana. A natureza astral estava matizada em nítida tonalidade azul-petróleo, e, cercando o prédio onde ela morava, especialmente àquela hora, havia sombras que pareciam vivas, pululando em derredor.

Uma das sombras não se comportava como as demais. Não era capaz de movimentar-se ao sabor do vento, tal como as sombras das árvores, que margeavam as ruas movimentadas, tampouco era estática, como as que se projetavam a partir de construções humanas na região. Aquela sombra adquiriu uma forma palpável, uma estranha forma; pouco a pouco, porém, assumia conotações mais próximas da silhueta humana — ou algo que a isso se assemelhasse.

Tremia a esdrúxula criatura. Os demais exibiam quadro energético nada aprazível. Moviam-se rumo ao prédio onde Diana permanecia deitada, tentando dormir, descansar, desligar-se, enfim. Ante o caminhar das estranhas criaturas, qualquer luz, inclusive a luz material emanada dos postes, das lâmpadas e dos veículos, qualquer que fosse a natureza, em sua contraparte astral, era sugada, sorvida pelo negror da aura das estrambóticas crias do umbral. Mas os seres sombrios ostentavam uma forma que se movia e era humanoide; cada qual lembrava alguém esquálido, esquelético, anêmico ao extremo.

Caminhavam, arrastavam-se, arranhando suas unhas, feito garras, no solo, no asfalto, nas paredes dos prédios por onde adentravam.

Quem tivesse a imaginação um pouco mais fértil teria associado o farfalhar dos seres da escuridão ao barulho de asas membranosas em espasmos, insufladas pelo vento que vinha da praia. A aura de intensa negritude que os circundava parecia arquear acima dos seus ombros, dando origem a irradiações negras, em formato de asas, de modo que qualquer um que as visse não teria dúvida e concluiria: tratava-se das asas de algum bicho habitante de cavernas antigas, pré-históricas.

Diana captava a corrente vibracional, quase elétrica, que emanava das criaturas e dela se ressentia no próprio corpo; ressoava por sua estrutura energética com tamanha intensidade, como nunca antes percebera. Algo estava na iminência de acontecer, e ela o sentia vivamente. Contudo, não sabia como proceder.

A mais sombria das sombras da escuridão tinha os membros dispostos da mesma maneira que nos humanos. Cada membro, no entanto, apresentava uma deformidade bizarra, quase indescritível. Apareceram as estranhas criaturas do bando umbralino... Moviam-se, porém eram auxiliadas por uma força inumana, algo cuja procedência se ignorava, de tal sorte que quase não necessitavam dos próprios membros para se locomover, conforme alguém diria observando-as superficialmente. Simplesmente deslizavam — conquanto de modo penoso para algumas — nos fluidos ambientes muitíssimo densos, apesar de a paisagem física ter aspecto agradável e bem-cuidado, repleto de transeuntes elegantemente vestidos, segundo os padrões da cidade onde viviam.

Os olhos malévolos e arregalados de tão ínferas criaturas de regiões ignotas do submundo casavam-se com a luminosidade da lua, que, a essa hora, já se mostrava brilhante, compondo um cenário que constituía o pano de fundo perfeito para dar vida ao enxame de seres nauseabundos que se movimentavam nas imediações. Ainda bem que os olhos humanos não poderiam ver nem ouvir os sons e os personagens que ali caminhavam, que ali se arrastavam.

A cabeça de alguns entre os seres, deformada, quase não tão humana, sobressaía do meio dos ombros, os quais a sustentavam como se não tivessem pescoço. O aspecto sinistro podia muito bem ser associado a certos filmes de terror. Outras criaturas, igualmente provenientes de zonas de litígio do baixo mundo, eram tão deformadas que seu pescoço era demasiado grande, lembrando o de ganso, ainda que conservassem o formato humanoide. Os corpos espirituais daquela malta refletiam, por certo, sua situação energética e a frequência baixíssima de suas mentes sombrias.

Uma entidade em particular sobressaía entre as demais: imensa, encurvada, com a cabeça protuberante, mesmo em meio aos seus, dava indícios de sofrer alguma enfermidade que explicaria a deformação tão esquisita. Bafejos de seu hálito nojento e rançoso, lembrando a fuligem de uma chaminé de fábrica, escapavam de sua boca, cujo lábio inferior se mostrava desmesuradamente aberto, caído, molhado. Gotejava uma baba viscosa, que parecia proveniente do seu próprio interior, fétido, temperado pelos fluidos que exalam de pensamentos daninhos e penosos, em frequências baixíssimas e de conteúdos profanos.

A criatura tossia bastante — era esse o som mais comum que saía de sua boca cheia de deformidade, embora outros estranhos sons se misturassem àquele. A tosse que lhe escapulia do fundo da garganta trazia à memória severas, míseras e difíceis lembranças de batalhas ingratas e lutas inglórias, das quais saíra vencido. Quem sabe o barulho da tosse incontrolável fosse produto do espólio dos infernos, de ínferas paisagens donde viera e onde fazia sua morada, por entre magos da escuridão e laboratórios encravados em rochas do submundo astral.

Ergueu-se o ser infeliz, apoiando-se nos membros esquálidos e irregulares, enquanto se via sobressair, de supostas vértebras coccígeas, o prosseguimento em forma de cauda, a qual lhe pesava o ato de andar. Nitidamente, aquele era um corpo espiritual deformado, em processo de deterioração da forma perispiritual.

Aguçou os sentidos a criatura das regiões inferiores do astral e percorreu os olhos sobre os prédios próximos, farejando com os buracos esculpidos na face, os quais faziam as vezes de narinas.

Lançando mão desse método e com tal intenção no pensamento, localizou a médium deitada sobre o leito, já com sintomas de falta de ar, em meio a pesadelos. Espiritual e energeticamente, ela captava a natureza vampiresca das entidades das sombras que se aproximavam. Uma espécie de esgar substituía a ameaça de riso da criatura dos infernos, esboçado com grande dificuldade, ao constatar que localizara seu alvo mental sobre o leito, estendido, quase displicente, no apartamento.

As pálpebras negras e caídas, merecedoras de uma plástica espiritual, repuxavam o semblante, piorando sua aparência de alguma maneira, se é que isso fosse possível.

O ser movia-se vagarosa, mas insistentemente, em direção à residência de Diana. Ao se movimentar, chamou a atenção de mais criaturas das mesmas laia e estirpe espiritual. Quando a esquelética mão, escura e encharcada dos fluidos pegajosos das regiões inferiores, fez menção de tocar a porta de entrada do apartamento, ficou estatelado, quase imobilizado o ser advindo das entranhas do submundo.

Deu de cara com um guerreiro, um guardião superior, que descia naquele exato momento ao prédio onde Diana morava, com o semblante rebrilhando como os sóis da Via Láctea. O guardião desceu vibratoriamente, pousando com sobriedade, mas investido de uma força sideral incompreensível àqueles moradores de ínferas paisagens.

A criatura nefanda despencou do último andar, ainda atordoada pelo rebrilhar da espada do guardião, e caiu, esborrachando-se no asfalto, junto com sua turba de infelizes companheiros, pois eles não sabiam que Diana tinha a proteção de um dos filhos do Altíssimo.

A mulher conseguiu tranquilizar-se, a tal ponto que adormeceu mais serena, mediante a interferência do guardião. Afinal, todos, absolutamente todos que se colocarem a serviço das forças soberanas da vida, sob a tutela dos guardiões superiores, sempre receberão auxílio em momentos de treinamento e testes no cotidiano. O que os agentes precisam é de se manter abertos e receptivos ao investimento e à ajuda que lhes são enviados. Ninguém está desamparado! A depender de como encararem as dificuldades, ora como ataques, ora como realmente são: treino árduo para se capacitarem ao trabalho futuro, nunca se sentirão abandonados.

Dessa maneira, Diana foi acolhida pelo guardião superior, que a conduziu para ser atendida e amparada em regiões mais altas, embora, ao acordar, ela apenas conservasse a intuição e a sensação de que estava sob a tutela daqueles que podem muito mais.

E Jesus lhe disse: Ninguém que lança
mão do arado e olha para trás é apto
para o reino de Deus.

LUCAS 9:62

CAPÍTULO 7

ZONA DO CREPÚSCULO

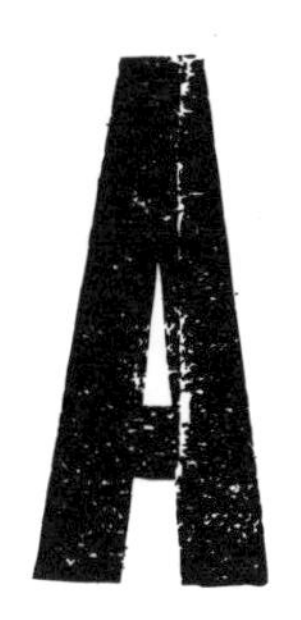

mulher tutelada dos guardiões ainda estava meio atordoada em virtude de sua primeira incursão ao submundo, desde que recebera o chamado para iniciar o treinamento, muito embora não estivesse sozinha nem conservasse plena lucidez fora do corpo. Em vigília, apenas se lembraria de impressões vagas, talvez como num sonho com pigmentos de claridade.

Outras vezes, ela tivera desdobramentos, mas foram rápidos, de curta duração. O impacto do fenômeno deixara somente leves *flashes* em sua mente, ainda que acompanhados de relativo incômodo. Desta vez, a pretensão era que ela vivesse tais experiências sob a atuação magnética controlada pelos amigos do invisível.

— Não lhe será nada fácil, pois ainda traz a mente hipnotizada pelas questões da vida material e muitas crenças errôneas a respeito da realidade espiritual, as quais precisam ser reorganizadas, descontruídas no dia a dia, por meio das próprias experiências e decepções que enfrentará, para, mais tarde, reconstruí-las sob bases mais sólidas. Naturalmente, poderá ser útil, mas, nesse estágio, tal como a maioria dos espiritualistas, dificilmente conseguirá guardar alguma recordação do que se passou entre nós — comentou o Caboclo Tupinambá.

— Muita gente de bem acredita que, para trabalhar do lado de cá, basta praticar desdobramento e alguns exercícios que pessoas extremamente impressionáveis e de imaginação fértil ensinam — disse José Grosso, de modo a ser ouvido pelos amigos da caravana. — Desconhecem que, enquanto mantiverem certas desinformações impregnadas no cérebro e na mente, não alcançarão lucidez o suficiente para produzirem certos fenômenos mais consistentes do lado de cá da vida. Precisam, primeiramente, aprender a viajar para o próprio interior, despojando-se lentamente de determinados sistemas de crença, cultivados ao longo da existência, e deixar de se comportarem como crianças espirituais, achando que são pessoas especiais ou detentoras de poderes mentais mirabolantes.

— Sejamos sinceros, José Grosso — tornou Tupinambá. — Há muita gente que desenvolveu a imaginação em grau elevado e desconhece por completo as questões espirituais genuínas. Querem desdobrar-se, conversar com espíritos, ter contato com extraterrestres e, principalmente, ser abduzidos; mas a maioria não quer trabalhar, estudar, aprofundar-se, exercitar-se... Cada qual se julga uma espécie de eleito, chegando a pensar que sua participação é indispensável ao mundo espiritual. Enganam-se e não compreendem o cerne da questão: viver, vivenciar as experiências no mundo, da mesma forma que o querem fazer na próxima dimensão e com igual intensidade.

Raul olhou de soslaio para o velho cacique tupinambá, relembrando-se dos anos e anos de treino a que se dedicara em secreto, sem que pudesse compartilhar com ninguém suas experiências; no entanto, preferiu não tocar no assunto, reservando a outro momento suas observações. Resolveu pegar uma espécie de manto, um tecido forjado em substância astral, que trouxera consigo para casos de emergência. Abriu-o parcialmente e o manteve perto de si para ser usado quando necessitasse.

— Diana não oferecerá condições de ter lucidez extrafísica por alguns anos ainda. É fundamental adestrar o pensamento e as forças do espírito. Somente de maneira gradativa, após muitos anos de dedicação, alcançará certa clareza fora do corpo. O que estabelecemos para Diana é um programa essencial à ampliação de sua mente e de sua consciência. Por ora, começaremos com um processo de esclarecimento quando estiver em vigília tanto quanto desdobrada. Bastará registrar na memória do psicossoma as informações que lhe serão apresentadas para quando chegar a hora de provar, a si mesma, sua fidelidade aos propósitos sublimes — asseverou Pai João, olhando em direção a Maria Escolástica.

— Além do mais, acho que essa incursão conosco — interferiu Raul — nem deve ser rememorada durante a vigília. Requer-se um tempo a fim de que Diana possa digerir tão grande volume de informações, estudos e experiências que tem obtido após ocorrer seu despertar à vida espiritual. Vale lembrar que, afora o aspecto intelectual, ela tem sido levada a aprender a comandar o corpo físico, no que concerne à questão mediúnica, de modo a coordenar mente, corpo e, ao mesmo tempo, o espírito projetado. Portanto, creio que seria impossível atingir por ora certo nível de atenção e de retenção do que enfrentará do lado de cá.

Fixando Diana, o sensitivo continuou:

— Falo por mim mesmo, por experiência própria. Poucos anos não foram suficientes até que eu começasse a acessar durante a vigília algumas lembranças esparsas. Anos e anos se passaram! Agora, percebo que convém esquecer cada vez mais... Acho melhor não me recordar de tudo, pois é um fardo difícil de administrar quando as obrigações e as questões do cotidiano batem à porta.

De repente, uma voz em meio aos comentários:

— Vejam! O pântano está perto. Todo cuidado é pouco — acentuou um dos guardiões. — Creio que Diana terá grande dificuldade em atravessar essa região, pois ela ainda desconhece o bioma e os seres que vivem aqui. Caso julguem conveniente — Walter acrescentou —, tomarei conta dela pessoalmente a fim de evitar complicações. Ao menos nessa parte do caminho, pois não poderei ficar por muito tempo devido a compromissos assumidos em outras instâncias.

— É certo que poderá ajudá-la, guardião. Fique à vontade para exercer essa função dentro de suas possibilidades.

— Vamos descer às brumas, então, meus amigos — informou Maria Escolástica aos demais, sendo acompanhada de perto por João Cobú. Raul, por sua vez, andava ombro a ombro com Dimitri.

À frente, a paisagem era inóspita. Mergulhado num crepúsculo interminável, o lugar oferecia grande incômodo a quem precisava atravessá-lo. Por escadarias e encostas obscuras, descemos, conduzidos pelos guardiões, que abriam passagem na densa escuridão. Esculpidos diretamente na rocha, os degraus eram irregulares e talhados numa pedra arenosa, lisa, cujos desgaste e cantos arredondados faziam escorregar. Corríamos o risco de despencar na escuridão mais profunda ainda ao menor passo em falso. Caminhamos vagarosamente, uns dando as mãos aos outros, apoiando-nos mutuamente na descida, que, na verdade, era de caráter vibratório. Simbolicamente, o descenso se afigurava nas formas diversas que nossa mente percebia ao interpretar a paisagem.

— Vejam mais adiante — apontou em certa direção o velho João Cobú.

Observamos uma variedade de seres que se movia em meio ao crepúsculo, entre brumas que cobriam um lago interminável. Não era uma neblina fria, mas um vapor — que me fez lembrar gêiseres, inexistentes ali —, o qual encobria a maior parte do lago, de maneira que pudemos enxergar pouca coisa. Além do mais, os seres que pululavam aqui e acolá chamavam mais atenção que qualquer outro aspecto.

— Aqui vive uma espécie de elemental, cuja existência permanece desconhecida dos irmãos espiritualistas em geral — falou João Cobú, enquanto Tupinambá se acercou das margens do lago e desamarrou uma corda presa a um barco de aspecto precário, mas que, ainda assim, comportava umas vinte pessoas a bordo.

— Elementais? Aqui, neste pântano, Pai João? — perguntou Raul, visivelmente interessado. — Adoro estudar o tema, mas nunca ouvi nada a respeito dessa espécie da qual o senhor fala.

— Sabemos que, em regra, os planetas apresentam organização geral análoga à que observamos na Terra no que tange a planos e dimensões. Nesse contexto, vejamos como se dispõem as famílias de elementais de acordo com a ambiência do globo terrestre. Para melhor entendimento, cabe recordar as diversas camadas da estrutura geológica.

Pai João e todos nós notamos que Raul, Walter e alguns dos guardiões prestavam atenção às palavras do pai-velho; contudo, Diana não conseguia apreender quase nada, devido à pouca lucidez e à fase inicial em que estava na prática de projeção da consciência. Nessa etapa, os objetivos centrais eram reconhecimento e teste quanto ao fenômeno em si. Portanto, sua mente não alcançara ainda a maturidade necessária para estudos e realizações significativas do lado de cá. Precisaria dedicar-se ao adestramento psíquico por muito tempo antes que obtivesse clareza suficiente para agir com desenvoltura entre nós.

— Primeiramente, existem as *correntes de vida*[1]

1. Instado a conceituar a expressão assinalada, o autor explicou

dispersas pela atmosfera — falou Pai João, aprofundando-se no assunto. — A camada gasosa que circunda o planeta, além de ser habitada por elementais de uma constituição complexa e delicadíssima, como os silfos e as sílfides, entre outros de natureza mais etérea, traz elementos preciosos para a manutenção da vida. Quanto mais rarefeito o ar, à medida que se afasta da superfície, mais etéreo o elemental que ali atua, conforme meus filhos hão de imaginar.

"A hidrosfera, ou seja, a cobertura líquida do planeta, por sua vez, é povoada por seres de estrutura fluida, conhecidos nos laboratórios do invisível como *elans*.[2] Embora de constituição mais densa

que, segundo os espíritos, existem elementos que pairam na atmosfera astral do planeta terreno, senão de todos, e contêm o que se poderiam chamar gérmens de vida. Podem ser mônadas, elementais naturais, seres microscópicos, entre outros. *Correntes de vida* é, portanto, o nome genérico dado a esse conjunto disperso pelo orbe.

2. Lamentavelmente, não foi possível traçar o paralelo desse neologismo com algum termo adotado por quaisquer escolas espiritualistas.

que os anteriores, eles são essenciais a muitas reações químicas necessárias à vida. Em paralelo aos elementais desta região, há vários outros, em planos e dimensões mais sutis, mas que também guardam íntima afinidade com o elemento líquido, junto às águas, sejam elas dos mares e dos oceanos, sejam dos rios, das cachoeiras e dos olhos-d'água, sejam ainda das gotas de chuvas, do orvalho e das nuvens dispersas pelos céus. Todos esses últimos são mais familiares a meus filhos.[3]

"A litosfera — continuou o pai-velho —, onde se encontram as camadas rochosas da Crosta, traz a peculiaridade de abrigar famílias de elementais essenciais para manter o padrão vibratório e a estrutura atômica da vida terrestre. Elas também asseguram trocas fluídicas, sobretudo as de caráter emocional, entre os seres desencarnados que povoam uma faixa mais próxima da Crosta, no astral inferior. Além disso, transmitem energias telúricas

3. O personagem já deu informações sobre as famílias de elementais em outra ocasião (cf. PINHEIRO, Robson. Pelo espírito Ângelo Inácio. *Aruanda*. Contagem: Casa dos Espíritos, 2011. p. 86-98, cap. 7).

aos seres humanos, as quais são responsáveis por acionar processos evolutivos comuns, fundamentais para o espírito se corporificar no planeta por meio da reencarnação.”

Ficamos encantados com a abrangência do conhecimento de Pai João, pois a maioria pensava já conhecer o suficiente sobre os elementais naturais.[4] Mas sempre nos surpreendia o pai-velho.

— No conjunto maior, denominado biosfera, que abrange a porção das demais camadas capaz de abrigar seres vivos, é onde se nota maior variação entre os tipos de elementais, essa potência da natureza que torna possível a vida tal qual a conhecemos.

“Aliás, devo dizer que, até onde temos notícia, todos os mundos do cosmo seguem classificação similar, com ligeira variação ou simplificação para facilitar o entendimento de meus filhos, obedecendo a parâmetros ou subdivisões como os que se adotam na Terra. Refiro-me a planetas habitados fisicamente, ou seja, que comportam

4. Cf. “Ação dos Espíritos sobre os fenômenos da Natureza”. In: KARDEC. *O livro dos espíritos*. Op. cit. p. 358-360, itens 536-540.

uma faixa análoga à dimensão material terrena.[5]

"Seja como for, deixarei mais digressões para oportunidades futuras. Em ambientes insalubres como o que ora visitamos, existem esses elementais naturais, ainda largamente desconhecidos entre meus filhos espiritualistas — falou, indicando um grupo de seres que lembrou um cardume a movimentar-se dentro do pântano à nossa frente. — Essas criaturas servem aos propósitos da natureza astral especificamente. Enquanto os outros que citei se movimentam na dimensão etérica, os que vemos aqui vivem e vibram na realidade astral exclusivamente."

O pântano era preenchido por sombras densas. Ao olharmos, tínhamos a impressão de que não podíamos ir além. Um oceano de vapor nos engolfava de névoas quase negras e de uma viscosidade mais densa do que eu supusera.

— Em ambientes como este aqui — afirmou Maria Escolástica com propriedade — é onde passam

5. Cf. "Pluralidade dos mundos". In: KARDEC. *O livro dos espíritos*. Op. cit. p. 101-103, itens 55-58.

largo tempo espécies diferentes de espíritos ou, mais exatamente, eguns, como são chamados em barracões de candomblé. Aqui são descartados corpos etéricos em decomposição[6] e também corpos astrais sem utilidade devido à perda ostensiva da forma humana pelos processos de ovoidização. Em virtude disso, a toxicidade do local é alta, tendo-se em vista o teor energético desses resíduos materiais.

"Posso atestar, com conhecimento de causa, meus filhos, que muitos feiticeiros da antiguidade, e até do presente, haurem recursos de pântanos como este. Após o descarte biológico final, aqueles que aprenderam o ofício com magos do passado remoto — mas não só eles — extraem desses ambientes, de modo inescrupuloso, os elementos nocivos com os quais atacam alvos encarnados

6. Soa estranho, à primeira vista, imaginar que duplos etéricos — sendo tão somente, aos olhos do conhecimento disponível, reservatórios de vitalidade — possam entrar em decomposição. Por outro lado, se existem numa dimensão limítrofe da material, pode-se, por analogia, ter um bom retrato do que lhes acontece ao se observar a degradação do corpo humano após a morte.

e, assim, logram induzir certos fenômenos que acometem o corpo físico. Felizmente, poucos na atualidade dominam o segredo e a técnica de tais procedimentos, capazes de alterar até mesmo a constituição celular humana. Em experimentos de laboratórios do submundo, esse extrato funesto é matéria-prima nos casos em que se pretende imprimir nova informação no DNA de encarnados, adulterando-o com potencial destruidor."

Olhamo-nos mutuamente, pensativos. Talvez refletíssemos sobre a mesma questão, isto é, acerca de como os diversos planos da vida se interpenetram e como podem ser utilizados recursos de um e outro plano de maneira a interferir até mesmo nos projetos reencarnatórios dos indivíduos. Esse fato abre uma gama de possibilidades de estudos e de informações para quem se debruça sobre a realidade do mundo invisível.

— Por outro lado — retomou Pai João —, os elementais que vemos aqui têm uma importância vital para a vida na Terra, embora se localizem neste ambiente astral, em larga medida desconhecido. Conseguem atuar como transformadores vivos, que fazem com que as substâncias nocivas desses pântanos umbralinos sejam transmutadas e modificadas em sua estrutura mais íntima, molecular — atômica até —, alterando a natureza da matéria pútrida aqui existente. Eis que os vapores que sobem destes pântanos são nada mais nada menos que essa matéria tóxica já transformada. Em sua nova feição, como brumas deste mar de fluidos primários, os vapores se espalham pelas regiões mais próximas do umbral, do submundo, consumindo criações mentais infelizes e absorvendo substância mental inferior e parasitas energéticos, que se fixam nos corpos espirituais dos seres que aqui estagiam por tempo indeterminado.

— Acaso existem muitos destes pântanos por aqui, Pai João, ou são poucos, em número limitado? — perguntou Raul, olhando Walter de relance, já que ele dava a impressão de ter a mesma dúvida.

— São muitos, meus filhos — respondeu tranquilamente o pai-velho. — E somente serão extintos tais ambientes depois que ocorrer profunda limpeza do panorama astral, das regiões ínferas do submundo. Por ora, são bastante necessários para drenar a carga de fluidos densos das entidades capturadas pelo magnetismo do lugar, uma vez que essa matéria tóxica, oriunda do descarte de corpos energéticos, cascões astrais e *sombras*,[7] atrai fluidos de caráter semelhante, que são expurgados de corpos astrais enfermos.

"De um lado, os espíritos que aqui estagiam se ressentem quando os elementos químicos da matéria deste plano agem sobre sua organização energética; de outro, sentem certo alívio após transitarem

7. Questionado quanto ao significado dessas *sombras*, o autor esclareceu o seguinte: existem conteúdos emocionais que, de tão empedernidos, amalgamam-se e dão origem a uma espécie de massa fantasmagórica, a qual adquire contornos ou arremedos de humanidade, mesmo sem ser dotada de vida própria. Massas desse tipo são as *sombras*, nome dado em alusão às características que imitam o espírito humano, de modo imperfeito. É comum vê-las se arrastando no submundo, repletas de imagens mentais associadas a emoções de cunho erótico, sexual ou colérico. (Importante não confundir com *os sombras*, espíritos que compõem as milícias dos magos negros, segundo Ângelo Inácio os descreve na trilogia *O reino das sombras*.)

por estes locais. É que os pântanos, com seus agentes de cunho absorvente, sugam à força o material nocivo aderido às células e aos tecidos astrais de quem fica neles imanado. No fim das contas, recebem algum benefício tão logo o processo termine.

"Considerada essa realidade, nota-se que os elementais do pântano prestam um serviço inestimável à natureza do mundo astral; são obreiros silenciosos e quase imperceptíveis, a não ser pelo efeito que causam. Portanto, são fundamentais aos processos de expurgo da matéria obscura, que muitos trazem arraigada ao próprio corpo fluídico.

"Por outro lado — fez uma observação importante o pai-velho —, muitos encarnados, desdobrados, prisioneiros de imagens mentais, sentem os impactos da lama absorvente dos pântanos. Viciados em pornografia, entre outros exemplos, reincidem em males e comportamentos depravados de diversa ordem, trazidos do período entre vidas, durante o qual permaneceram em locais assim. Quando a alma se desprende, à hora do sono, são atraídos de volta a estes charcos, espalhados pelo submundo, e absorvem as sombras, que se dissolveriam nos fluidos do ambiente ao longo do tempo.[8]

"Esse fator causa o aparecimento de manchas e dores em certas regiões do corpo físico, que são o reflexo de contaminações energéticas duradouras. Afloram enfermidades, incluindo aquelas classificadas como doenças sexualmente transmissíveis nos compêndios da medicina terrena, as quais se materializam por meio do duplo etérico. Trata-se de um fenômeno complexo e ainda pouco pesquisado por meus filhos.

"Há, ainda, outra faceta do problema. A contaminação fluídica persistente em pessoas viciadas favorece o desenvolvimento de intenso potencial magnético, não no sentido habitual, de magnetismo curador, mas no primário, ou seja, relacionado à capacidade de atração e absorção de energias de igual teor. Dessa maneira, como uma espécie de ímã ou

8. Médiuns há que se agrilhoam às sombras — durante o desdobramento, em virtude de extrema oscilação moral e emocional —, as quais impregnam seu corpo astral a tal ponto que eles chegam a incorporá-las em reuniões, tomando-as, equivocadamente, por inteligências ou espíritos.

esponja, o indivíduo entra num círculo vicioso, difícil de romper, pois o próprio quadro se realimenta e se agrava na mesma proporção. Em paralelo, o vínculo com os charcos só se fortalece, bem como com lugares de vibração semelhante, no plano físico."

Mais uma vez nos entreolhamos, abismados com as consequências de hábitos cultivados durante a vida material tanto quanto a extrafísica. De qualquer maneira, o que ficou muito claro para nós foi a mensagem imorredoura, nada nova: cada qual colhe as próprias escolhas. Eis uma verdade cuja abrangência ainda não aquilatamos em sua verdadeira extensão.

— Há um problema que enfrentamos por muito tempo — interveio Maria Escolástica, jogando mais luz sobre o assunto, porém dando novo enfoque, talvez para nos tirar da impressão causada pelas ideias suscitadas em nossas reflexões. — Alguns feiticeiros, magos e cientistas que circulam pelas regiões densas conhecem esse processo e os elementais que aqui vivem, sendo capazes de manipulá-los e adestrá-los a seu bel-prazer. Capturam-nos, viciam-nos e os utilizam em seus laboratórios das zonas sombrias. São catalisadores de enfermidades que, primeiramente, manifestam-se no corpo espiritual e no duplo etérico dos filhos encarnados para, logo em seguida, atacarem-lhe o veículo carnal — com suas palavras, a antiga babalorixá deu novo sentido ao processo obsessivo de alta complexidade.

Tão logo adentramos o barco que Tupinambá preparou com a ajuda de uma das entidades que ali trabalhava, disfarçada, começamos a deslizar pelas águas viscosas do local. Era como se o vapor que subia do pântano encobrisse quase toda luz, e, à medida que navegávamos o lago pantanoso — mais pântano que lago, aliás —, ouvíamos gemidos e sons provenientes de estranhas criaturas.

Foi nesse momento que Diana começou a sentir-se mal. Primeiramente, pôs-se a chorar e, logo depois, contorcia-se, talvez respondendo ao ritmo dos sons que advinham do interior do charco. É como se ela fosse incorporar os espíritos mergulhados ali, envoltos no lodo absorvente daquelas paragens.

— Segure-a, Raul — falou Dimitri, adiantando-se a Pai João. — Como você é encarnado e ela já possui alguma informação e experiência, poderá auxiliá-la melhor do que nós. Lance mão de seu conhecimento das questões humanas, converse com Diana como se fosse terapeuta de sua alma.

Sendo auxiliado por Maria Escolástica, Raul sentou-se no piso do barco, induzindo Diana a deitar-se em seu colo enquanto conversava com ela. A mulher demonstrava estar numa crise emocional aguda, com espasmos e outros sintomas mais. Se porventura a situação se agravasse, ou melhor, não arrefecesse, teríamos de levá-la de volta ao corpo.

— Eis por que, na maioria dos casos, é imprudente ensinar os encarnados tão somente a desdobrarem, de forma desvinculada de outros aspectos cruciais, com a pretensão de atuarem em nosso plano. Não basta boa vontade por parte de nossos irmãos... É preciso saber o que se faz, conhecer a geografia, os habitantes e as leis que regem as diversas dimensões da vida. Em grande parte das vezes, meus filhos acabam reclamando mais ajuda do que quem pretendiam ajudar. Além disso, correm perigo aventurando-se a fazer algo para o que não foram nem estão preparados.

Depois de algum tempo, Raul conseguiu reverter o processo que assaltara Diana, com a ajuda de Maria Escolástica, e a médium foi-se acalmando. Ela não resistiu ao ouvir uivos e queixumes das almas em processo de expurgo das energias densas agregadas a seus corpos espirituais. O pranto e os lamentos, muitos causados pelo arrependimento amargo, acharam ressonância em processos emocionais malresolvidos da própria Diana, que, então, desequilibrou-se. Em outras palavras, o contexto precipitou, fora do corpo, crise semelhante àquela que lhe acometia vez ou outra em vigília.

— Devo lhe pedir um favor, caro guardião — Escolástica disse a Dimitri. — Transmita uma mensagem urgente a um dos soldados que servem na Crosta. Peça que reforcem a proteção em torno de Diana na base física. Além de receber magnetismo intenso por parte de um especialista de sua equipe, o corpo dela deve ficar isolado de qualquer influência vibratória externa.

Enquanto a antiga babalorixá dava instruções, Dimitri já estabelecia contato com um dos soldados do astral que estava nas imediações de onde o corpo de Diana jazia naquele momento. Grande cota de energia fora dispendida para socorrer a médium desdobrada e também para protegê-la no plano físico.

— É bom que anote isso, Ângelo, já que está quieto, evitando conversar, a fim de captar cada detalhe — Pai João sugeriu. — Meus filhos precisam saber por que reprovamos a ânsia de desdobrarem e obterem consciência do lado de cá, com afobação, sem se aprofundarem nas vivências do cotidiano nem se dedicarem ao estudo de modo constante. O caso de Diana ilustra o da maioria; tal como sucede com ela, muitos filhos exigiriam mais ajuda de nossa parte do que estariam aptos a colaborar.

Depois de me incentivar a escrever alguns pormenores que eu não pretendia abordar, João Cobú continuou:

— Cada coisa deve vir no momento certo. Nada de precipitação, pois não só acabamos desperdiçando energias preciosas do lado de cá, como nos vemos impelidos a mobilizar recursos importantes para evitar complicações. Muitos filhos ainda não estão preparados para certas tarefas, que teimam em querer fazer antes da hora. Esse episódio mostra por que investimos num aumento gradativo da frequência vibratória dos corpos sutis de meus filhos; buscamos paulatinamente a ampliação de suas habilidades, mas nunca de maneira rápida, abrupta, menosprezando a lei que regula o universo psíquico, o que seria ao mesmo tempo leviano e temerário.

Pai João calou-se. Sabia que eu tentaria, ao menos tentaria, transmitir as informações da maneira mais clara possível, muito embora isso não fosse possível em um só livro.

As brumas se tornavam mais e mais espessas, correspondendo exatamente à descida vibratória entre planos do mundo, entre dimensões. Condicionávamo-nos lentamente, mas de forma progressiva, aos ambientes astrais inferiores, sobretudo levando em conta a presença de Diana. Além disso, visando às observações que tínhamos pela frente, era conveniente adensar nosso corpo à medida que mergulhássemos nas brumas do pântano.

De repente, sem que avistássemos nada, chegou até nossas percepções um forte zunido, como se fosse de um milhão de vespas, besouros ou insetos do gênero. Tupinambá deu a ordem em tom de urgência:

— Cubram-se com os mantos que estão dentro do barco! Não demorem! Abaixem-se e cubram-se já!

Todos obedecemos, até porque o corpo sobremaneira adensado exigia cuidados extras. Não estava tão denso quanto os de encarnados, porém a ponto de sermos vistos pelos habitantes do lugar. Um enxame de abelhas graúdas, afinal, voava em torno do barco e nos circundou completamente.

Diana respirava com dificuldade. Pai João indagou Raul:

— Consegue ajudá-la, filho?

— Perfeitamente, meu pai! Deixe comigo. Já passei por situação semelhante.

Raul concentrou-se um pouco e, aplicando as leis do magnetismo, conseguiu cingir Diana com uma espécie de campo de forças bastante eficaz. O clima dentro da redoma criada por ele era muito mais tranquilo quc ali fora, no pântano. Diana conseguiu se reequilibrar pouco a pouco, não sem a intervenção de Escolástica, que lhe impôs a mão direita sobre a fronte, adormecendo-a.

— Acha que ela precisará voltar para o corpo, meu filho? — perguntou Escolástica a Raul.

Confiava que ele, vibrando na mesma frequência, como encarnado, saberia o momento correto de acoplar Diana caso necessário... Até porque ele passara por aquela mesma situação, talvez dezenas de vezes, antes que pudesse se habilitar ao ritmo de trabalho mais intenso.

— De jeito nenhum, minha mãe! Diana ficará comigo. Conseguirá aguentar por ora. Afinal, ela não precisa apreender e ver se é isso mesmo que quer em matéria de tarefa espiritual? — respondeu-lhe Raul. — Acredito que será bom conhecer de perto o que nos aguarda do lado de cá, nesta e em outras dimensões mais densas. Abaixo o romantismo espiritual! Nada melhor do que a verdade nua e crua.

— Gosto muito de sua atitude, meu rapaz! — elogiou Escolástica, com um leve sorriso no rosto.

O abelhal continuou a nos rodear, e o som emitido por ele era cada vez mais estridente. Ao mesmo tempo, o barco parecia deslizar cada vez mais veloz sobre as águas pantanosas do lago umbralino. Ninguém tinha medo, no entanto. Aliás, Raul adorava a situação. Escolástica olhou para ele e também para Dimitri e Watab; este, na verdade, permanecia conosco pelos últimos minutos em que o poderia fazer integralmente.

Em dado momento, Tupinambá ergueu-se, mesmo sob o manto que trouxera, e assobiou forte, como se desse um aviso ou chamasse alguém. Imediatamente, o enxame se dispersou, e fomos convidados a nos retirar de debaixo do manto cedido pelo caboclo. Estávamos todos em segurança, já prestes a aportar na outra margem do pântano, numa região de densidade material bem mais intensa. Nossos corpos então pareciam de carne, de tão compactos. Atravessamos as brumas e nos encontramos em ambiente que lembrava as savanas africanas.

— Muito bem! — falou Tupinambá. — Os elementais amigos nos auxiliaram na medida do possível. Era preciso atravessar uma região cheia de resíduos ectoplásmicos, na verdade, combustível precioso para magos e cientistas. Devido à presença de um grupo deles, magos negros, tivemos de tomar as providências cabíveis, pois há conosco dois encarnados em desdobramento. Era crucial redobrar os cuidados, sobretudo por causa de Diana, que ainda não tem conhecimento nem experiência com a projeção em ambientes assim, tampouco com elementos de defesa psíquica ou energética.

Escolástica passou a mão direita sobre a fronte de Diana, transmitindo forte dose de magnetismo. Com isso, ela despertou naquela dimensão, conquanto sem grande lucidez e ainda bem lenta. Mesmo com a ajuda daquela que foi chamada Menininha, sua mente não conseguia concatenar os eventos que vivêramos.

Olhando para Raul, Escolástica explicou:

— Por isso, em regra, os médiuns levam muito tempo, depois que iniciam as experiências fora do corpo, até obterem alguma coisa mais palpável, empreenderem algo concreto, sem ocasionarem desgaste aos tutores. Geralmente, consomem anos e anos de tentativas até conseguirem se movimentar com desenvoltura em outra dimensão; além disso, sem que deem mais trabalho que os indivíduos que reclamam ajuda.

— Eu mesmo me demorei mais de quinze anos em experiências de desdobramento; dediquei-me todas as noites, em dias e horas combinados com os espíritos, até conseguir algo que pudesse ser aproveitado. Até eu atingir essa segurança e essa liberdade relativas, foram centenas e centenas de testes que os guardiões patrocinaram, tudo como treino e acompanhamento, mas sem nenhum efeito mais positivo em termos de produtividade genuína. Nem imagine, minha mãe — falou Raul para Escolástica —, como tive de lutar contra a ansiedade de querer trabalhar logo. Mas nada! Fui obrigado a aguardar os anos de treinamento. Atualmente, percebo como os guardiões estavam certos. Foram anos necessários para eu alijar de mim crenças errôneas e limitações emocionais, além de exercitar renúncias que muito me marcaram. Enquanto isso, treinava técnicas diferentes, adquiria conhecimento e mergulhava nos estudos. E ainda hoje considero que dou um baita trabalho aos guardiões...

Dimitri olhou Raul de soslaio, dando a entender que este estava correto nessa observação.

— Pois é, meu filho! Tudo no universo obedece a determinada ordem e a determinada disciplina. Não há como nenhum ser vivo dar saltos em termos de evolução e trabalho mais expressivo. No que tange aos sensitivos, não importa a idade física do sujeito nem o tempo durante o qual ele está engajado na busca por espiritualidade.

"Entre praticantes de religiões iniciáticas, por exemplo, são comuns períodos de sete anos, ao fim dos quais o adepto ascende um degrau de cada vez na hierarquia da comunidade. Esses ciclos vêm a calhar, no caso das iniciações de certos grupos religiosos, até mesmo para o devoto descobrir se é de fato isso que ele quer, bem como para adquirir conhecimento e destreza na manipulação de certas energias e leis da natureza e, também, para conseguir produzir fenômenos psicofísicos genuínos e de qualidade; acima de tudo, esse é um meio de adestrar sua vontade.

"Nas tarefas junto aos guardiões, não é diferente. Por mais que haja pessoas que queiram ensinar métodos e práticas que menosprezem essa etapa de testes e maturação, as coisas não ocorrem segundo os filhos na Terra imaginam ou anseiam. Tudo obedece a um ciclo cósmico, a um período de preparo e experiências; e ninguém dá saltos em nenhuma fase de sua descoberta de espiritualidade. Gente que não persiste nos estudos e nas tarefas mais elementares jamais será capaz de despertar a confiança e a atenção de espíritos comprometidos com a ética espiritual."

Enquanto Maria Escolástica conversava com Raul, ela submetia Diana, ora semidesdobrada, a projeções de magnetismo intenso, trabalhando determinados centros de força em seu corpo astral. Sabendo disso, Tupinambá concedeu um tempo para as observações da antiga babalorixá, pois, afinal, ela detinha larga experiência com iniciações que ela mesma conduziu quando encarnada. Após alguns instantes, o caboclo arrematou, explicando o que ocorrera antes:

— Durante a travessia do pântano, fomos conduzidos pelos amigos que se manifestam na forma como os viram, lembrando abelhas. Na verdade, só assumem esse aspecto quando encontram humanos projetados nesta dimensão, para disfarçar sua aparência exótica, que provavelmente os chocaria. Não se preocupem... — dirigiu-se a Raul e a Diana, a qual, no fundo, compreendia a mensagem, mas não lograva gravar plenamente as palavras do caboclo. — Estamos relativamente tranquilos, ao menos por ora.

Tupinambá deixou no ar um quê de preocupação. Ele não nos dissera tudo. Ainda deveríamos ficar atentos, pois estávamos numa região de transição. O panorama se modificava perante nossos olhos. Após adquirir contornos de savanas, divisamos a geografia real do lugar. Montanhas e cavernas se sobressaíam num vale profundo, rasgado em meio à paisagem do submundo. Era a zona do crepúsculo, como a chamávamos.

Diana levantou-se, fitando o vazio; dava a impressão de estar alheia. Era o máximo que poderia fazer, por ora, depois de algumas tentativas de incursão neste plano em desdobramento. Sua mente, ao retornar ao corpo, não guardaria nenhuma lembrança de nada que presenciara. Era submetida ao treino sem pressa, para, após se sujeitar a testes e mais testes, ser constatado se seria capaz de agir em conformidade com as tarefas propostas.

Por nossa vez, aguardávamos acontecimentos que acompanharíamos como oportunidade de aprendizado. Em algum momento, seria necessário reconduzir Diana ao corpo, pois o tempo passara sobremaneira rapidamente para os padrões humanos, e ela teria de retomar suas atividades normais logo ao amanhecer. Todavia, Diana precisava ser apresentada a outros métodos de trabalho, além de ser instigada a se preparar com conhecimento e a devida prática, a fim de se capacitar e, assim, ser mais útil às atividades programadas.

E de repente veio do céu um som, como de um vento veemente e impetuoso, e encheu toda a casa em que estavam assentados. E foram vistas por eles línguas repartidas, como que de fogo, as quais pousaram sobre cada um deles.

ATOS DOS APÓSTOLOS 2:2-3

CAPÍTULO 8

ABORDAGEM DIFERENCIADA

reunião de apometria estava por começar. Havia oito médiuns presentes, além de dois dirigentes, que faziam a ponte entre os orientadores espirituais os demais terapeutas. O lugar era simples, sob o ponto de vista material. Cadeiras haviam sido dispostas em círculo, dispensando a mesa, item costumeiro em reuniões de outras épocas. Um secretário era incumbido de anotar o máximo de informações sobre as ocorrências durante os atendimentos. Ao lado dele, uma pequena mesa, suficiente para comportar um jarro com água e alguns copos, que seriam utilizados pela equipe. Nada mais ocupava a sala. Quadros nas paredes, imagens, velas; nada, nenhum artefato ou objeto que fosse referência espiritual para o grupo.

Na contraparte astral, entretanto, na dimensão em que os espíritos se moviam e trabalhavam, havia todo um aparato tecnológico, necessário para sustentar as energias geradas ali ou irradiadas de outros locais para o ambiente. Técnicos responsáveis pelos equipamentos instalados transitavam de um ponto a outro. Ergueram-se telas que circundavam os médiuns, as quais eram feitas de um material translúcido, como se fossem forjadas em água, pois lembravam um líquido congelado, de textura finíssima, que, segundo o vocabulário de um elevado amigo espiritual, provavelmente seria chamado de luz coagulada.

O espírito que coordenava os trabalhos chegou acompanhado de sua equipe. Dois pais-velhos colaborariam, além de quatro caboclos, entre eles, um que se vestia à moda de um boiadeiro, que trazia, inclusive, uma espécie de laço enrolado e jogado sobre o ombro direito, além de portar um bastão de mais ou menos 1,20m. Ao longe, podia-se observar um grupo de sentinelas a postos, guardando as imediações da casa nas ruas do entorno.

Dentro do salão que congregava os trabalhadores da noite, havia determinado equipamento que abrangia a área onde estavam as cadeiras. Era uma espécie de cilindro translúcido, com cerca de 3m de diâmetro, dentro do qual corriam partículas em alta velocidade. Mesmo do lado de cá, com a visão ampliada, não conseguíamos ver as partículas, pois seu movimento gerava um complexo campo eletromagnético, o qual, por sua vez, dava origem a um cone de energia fartamente iluminado. Somente adentravam o perímetro delimitado pelo cilindro entidades com permissão para tanto.

Assim que o operador começou as atividades, todos os espíritos — técnicos, terapeutas, magnetizadores, soldados, guardiões e outros mais — colocaram-se de prontidão. Os médiuns entoaram determinada música, estabelecendo o ritmo cadenciado. À medida que cantavam, as partículas dentro do cilindro foram acionadas e alcançaram velocidade incrível; o cone, formado a partir da colisão das partículas, nesse momento, subiu em meio à sala, indo em direção ao alto. A música ficou mais intensa e mais ainda, quando, então, avistaram-se línguas de fogo, formas luminosas que se elevavam sobre as cabeças dos participantes encarnados. Eram criações mentais superiores, que abasteciam cada membro do grupo.

Alcançados o ritmo e a vibração apropriados, o

coordenador começou a invocar as energias superiores. Ao lado dele, e quase se justapondo a ele, o espírito diretor da reunião elevou o pensamento, pois era este que guiava todo o processo, transmitindo a intuição e a inspiração ao médium dirigente encarnado. Forças da natureza foram postas em movimento a partir daquele instante. Um dos caboclos, assim que foram evocadas as forças das matas, emitiu um som, um silvo, cujas ondas sonoras se propagaram muito além daquele ambiente. Longe, muito distante, um grupo de índios, de seres ligados à natureza, tendo recolhido elementos bioplasmáticos de plantas, ervas, rios e cachoeiras, vinham céleres, trazendo os recursos fluídicos, os princípios ativos medicamentosos, e os depositaram nos locais apropriados, que haviam sido preparados dentro do salão, ora transformado num laboratório sagrado.

Nova evocação foi realizada, dessa vez acionando-se a vibração dos pais-velhos. Um dos pretos-velhos presentes, segurando um bastão de pura energia, bateu-o no solo, cadenciadamente, de acordo com a música que os médiuns cantavam. Em outro continente, uma ordem de iniciados era mobilizada e trazia, do plano astral, instrumentos impregnados de intenso magnetismo. Em poucos segundos, apenas, os antigos hierofantes, sob o comando dos pais-velhos, adentravam o ambiente e formavam um pelotão de magos brancos, provenientes de diversas épocas, de tempos idos, portando ferramentas para fazer frente às investidas poderosas de magos das sombras. Estavam aptos a qualquer tipo de enfrentamento. Logo após, foi a vez da turma de cientistas, de médicos do espaço e de especialistas em tecnologia sideral, os quais se somaram ao conjunto, de tal maneira que nos foi possível presenciar, em apenas alguns instantes, a chegada de mais de quinze equipes de diversas especialidades.

O coordenador espiritual impulsionou seu intérprete, o dirigente encarnado, a desencadear o fortalecimento do aparato de defesa da reunião. Eis que, a cada comando, a cada contagem, a cada pulso de energia marcado com o estalar dos dedos, erguia-se um sistema de proteção magnética em torno da casa. Ao mesmo tempo, ao menos dois espíritos, ao lado de cada um dos médiuns, repetiam os comandos em uníssono, de modo que se formavam campos de força sobrepostos a envolver cada um dos presentes naquele recanto de atividades e de assistência extrafísica.

Foi dado o comando para a limpeza astral do ambiente e das pessoas. Os pais-velhos aproximaram-se de cada um dos seus filhos encarnados e levantaram um instrumento similar a um disco, porém feito de material cintilante, que emitia um potente feixe de energia de cor alaranjada. O jato de luz literalmente queimava as criações mentais de cada um dos trabalhadores ali concentrados. Uma das médiuns presentes estava nitidamente preocupada com uma de suas filhas. O pai-velho meneou a cabeça ao notar a intensa inquietação e deu uma ordem mental. Um dos soldados do astral, o qual era conhecido sob o título de exu, saiu em disparada do ambiente em direção ao local onde estava o rebento da médium. Lá permaneceu, de prontidão, auxiliando o máximo possível, realizando o quanto pôde em benefício da jovem.

No salão, os pais-velhos ministraram o bioplasma das plantas trazido pelos caboclos índios até o ambiente. Conduziram um tubo delicado, contendo a preciosa substância extraída do seio das matas, e o fizeram chegar às narinas dos médiuns, que a respiraram longamente. Quando o conteúdo penetrou seu organismo, podiam-se observar os elementos sutis produzindo o efeito desejado. Impregnaram os órgãos internos com propriedades terapêuticas; em alguns casos, foram encaminhados ao cérebro, desanuviando os pensamentos e desagregando as placas de energia mental mais ou menos cristalizada, as quais dificultavam a comunicação entre os planos da vida. Em outros, o subproduto do bioplasma seguiu curso diferente: eliminou a congestão de fluidos que se aglutinava, especialmente em torno do fígado, do baço e sobre o plexo solar, desobstruindo as vias de circulação da vitalidade.

Um a um, os médiuns se reabasteceram em questão de minutos. Alguns deles atribuíram os benefícios notórios ao poder da canção entoada por todos, muito embora a música fosse tão somente um veículo que ativara os recursos disponíveis e a tecnologia superior. Os pais-velhos continuaram atuando, sem nenhum impedimento, promovendo a limpeza em seus filhos, que estavam prestes a agir como enfermeiros a serviço das forças supremas da evolução.

O dirigente, sempre sob a orientação do espírito diretor, respirou um pouco, dando tempo para que os pais-velhos concluíssem o trabalho despercebido pelos encarnados. Logo em seguida, procedeu à preparação dos médiuns para a etapa seguinte: o desdobramento impulsionado por correntes magnéticas potentes, induzido e administrado pelos benfeitores espirituais da reunião.

— Um, dois, três, quatro, cinco, seis, sete. Desdobrando os médiuns! — falava com voz potente e uma entonação que dinamizava o magnetismo no ambiente.

O operador encarnado não duvidava de que todos ali realmente seriam desdobrados, no entanto, sabia que nem todos conseguiriam fazê-lo retendo a plena consciência extrafísica, muito menos, ao regressarem ao corpo, por meio do acoplamento, guardariam lembranças do trabalho além das fronteiras da matéria. Isso pela simples razão de que alguns desdobrariam apenas em corpo vital ou duplo etérico, enquanto outros lograriam a projeção do períspirito, e outros, ainda, do corpo mental. Cada qual cumpriria seu papel em conformidade com suas habilidades psíquicas e, também, segundo a necessidade da reunião. Não havia como todos procederem de modo exatamente igual; cada um agia de acordo com sua especialidade e sua aptidão. O concerto diante dos meus olhos me fez lembrar as palavras do apóstolo Paulo, em sua primeira epístola à igreja de Corinto:

> *Mas a manifestação do Espírito é dada a cada um, para o que for útil. Porque a um pelo Espírito é dada a palavra da sabedoria; e a outro, pelo mesmo Espírito, a palavra da ciência; e a outro, pelo mesmo Espírito, a fé; e a outro, pelo mesmo Espírito, os dons de curar; e a outro, a operação de maravilhas; e a outro, a profecia; e a outro, o dom de discernir os espíritos; e a outro, a variedade de línguas; e a outro, a interpretação das línguas.*[1]

1. 1Co 12:7-10 (BÍBLIA de estudo Scofield. Versão Almeida Corrigida Fiel. São Paulo: Holy Bible, 2009. Todas as citações bíblicas constantes desta obra foram extraídas da fonte acima.)

Mediante o devido comando, que favorecia a organização e evitava que quaisquer médiuns agissem fora de hora, os pais-velhos e caboclos se posicionaram atrás de cada um dos participantes, estendendo as mãos sobre eles. Movimentavam-nas intensamente, emitindo magnetismo também através das pontas dos dedos e dos olhos. Um jato de fluidos jorrou sobre os encarnados naquele momento.

Um deles, Ana Carolina, começou a sentir suas extremidades formigando, como se um leve torpor tomasse conta dos dedos, das mãos e dos pés. O lado esquerdo da cabeça parecia intumescer-se e expandir-se, juntamente com a sensação de que ela se balançava dentro do próprio corpo, numa trajetória pendular. Ana elevou o pensamento, conquanto breve receio de que estivesse prestes a ter um AVC[2] lhe cruzasse a cabeça, devido à semelhança dos sintomas. Logo foi socorrida pela lembrança das lições a respeito da doação de ectoplasma, matéria vista no curso de estudos da mediunidade que frequentava. Entregou-se por inteiro ao fenô-

2. Acidente vascular cerebral (AVC).

meno, e o caboclo atrás dela, com um leve sorriso, sabia que poderia confiar em sua pupila.

Em seguida, o benfeitor aumentou o fluxo de energia, e, para logo, viu-se o duplo etérico de Ana Carolina se desprender lentamente. A princípio, uma coloração azulada e vermelha se destacou da mulher. Logo após, formou-se uma espécie de duplicata do corpo físico a seu lado, porém, olhando-se atentamente, não se observava a existência de órgãos similares aos convencionais. Era apenas uma fôrma, um receptáculo de puro fluido vital, de energias da dimensão etérica. A cópia se alongou e se mostrava maior e mais esguia do que seu molde, porém, permanecia ao lado dele. Inteiramente consciente, Ana sentia as vibrações de seu organismo etérico moverem-se, serem manipuladas pelo mentor. Ela se ligava estreitamente a ele, o qual se iluminou ainda mais que antes. Centelhas e fagulhas do duplo da mulher assentada na cadeira pareciam fluir para o caboclo nesse momento. Ele sentia-se livre para manejar, direcionar e conduzir os dons de sua doadora para onde fosse e à medida que precisasse. Os trabalhos apenas se iniciavam.

Ao lado de Alberto, outro dos integrantes da reunião, um pai-velho movimentava recursos etéricos, astrais e mentais, administrando o magnetismo, do qual era profundo conhecedor. Como resultado, o homem começou a sentir irradiar-se para além do corpo. De imediato, notou a cabeça estranha, dormente, quase sem percebê-la por inteiro; porém, ao mesmo tempo, a sensação era de que ela se expandia, como se crescesse. Seu corpo espiritual, o períspirito, na verdade se dilatava sob o influxo magnético do pai-velho. Mais e mais, a bondosa entidade lhe exercia influência. Após as primeiras impressões, todo o organismo do médium passou a se ampliar: pernas, braços e cabeça lhe pareceram aumentar de tamanho. Logo, balançava dentro do próprio corpo também, como se estivesse numa rede, deitado. Somente aos poucos viu-se deslocar-se, descolar-se do aparato físico, entretanto, não pôde divisar o benfeitor; apenas lhe registrava a presença junto de si. Desdobrara em perispírito, todavia, não detinha clarividência extrafísica. Captava as vibrações, entrevia vultos, reparava em seres movendo-se de um lado para outro, mas não os percebia perfeitamente.

Nesse momento, o dirigente, constatando o transe todo peculiar no qual Alberto entrara, aproximou-se de sua cadeira, induzido pelo diretor espiritual dos trabalhos. De pé, tocou-lhe a fronte com o dedo, entre os olhos, e emitiu um pulso impregnado de magnetismo. O pai-velho, ao lado do pupilo, sorriu levemente. Aproveitou o concurso do operador e, absorvendo-lhe o conteúdo mental e fluídico, canalizou toda a energia para a visão espiritual do homem. Aos poucos, o mentor revelou-se à sua vidência; não obstante, o médium desdobrado não era capaz de percebê-lo na íntegra. Via-o somente em parte, e em parte o ouvia. Era o máximo que a clarividência de Alberto alcançava. Mas era o bastante para ele ter a certeza de que estava acompanhado. Logo depois, alguns segundos apenas, já não precisava mais ver o pai-velho. Tinha a certeza de estar sob a proteção e a condução de seu amigo tão querido.

Alcione estava do outro lado, concentrada, quando um mestre oriental se acercou dela, imanando-a intensamente. O jato de fluidos lançado pela entidade fixou-se por inteiro na cabeça da sensitiva, que teve a vidência aberta de imediato, porém, de maneira diferente. Ela continuou completamente consciente, dentro do corpo, entretanto, a partir da indução, seu corpo mental ampliou-se tal como uma bola de fogo que se destacava, inchava e extrapolava os limites da caixa craniana. Alcione nem de longe se apercebia do processo, mas, também, ela não precisava disso; estava ali disposta a servir como pudesse.

Mediante o corpo mental dilatado, logrou constatar, com absoluta certeza, que estava conectada com seu orientador evolutivo. Para tanto, não eram sons que detectava, nem imagens de paisagens ou seres do mundo extrafísico; era apenas uma certeza — íntima, completa, inquestionável. Tudo captava por intermédio do corpo mental. Imbuída da convicção quanto à presença do mentor, e sem se sentir decolar para fora da base física, como muitos esperavam, ela se transportou, em corpo mental, às esferas além da matéria, sob os auspícios de seu guia. Inseriu-se completamente na realidade da terceira dimensão; tudo via e ouvia no âmbito da reunião. Ao mesmo tempo, sabia, sem ver nem ouvir com os sentidos convencionais, que se projetara em mentalsoma, fato que, a rigor, não significava que estava fora do corpo. Não obstante, participava ativamente de tudo quanto se passava ali.

Um a um, os médiuns foram estimulados por seus instrutores espirituais; um a um, todos se beneficiaram dos recursos fluídicos e foram preparados para o trabalho da noite. Assim que todos estavam aptos, magnetizados e desdobrados conforme as habilidades e as especialidades que lhes eram peculiares, o dirigente deu a ordem para começarem as atividades propriamente ditas.

No panorama extrafísico, permanecíamos a postos para observar o desenrolar da situação que era conduzida de dentro da sala, ainda que muito mais intensamente da dimensão onde nos encontrávamos agora. Juntos, estávamos Tupinambá, Pai João, Dimitri, Maria Escolástica e os demais em nossa companhia, incluindo Diana e Raul, desdobrados, cada qual com seu grau de percepção e suas possibilidades quanto à ajuda e ao estudo.

No ambiente da reunião de apometria, o dirigente pronunciou o nome da consulente a ser abordada naquela noite. Deitada sobre uma maca, noutro cômodo, uma mulher submetia-se ao tratamento em lugar de uma amiga. Fazia a ponte com ela, por meio dos laços fluídicos, uma vez que a pessoa atendida tinha impedimentos para comparecer. Matilde se dispôs a seguir à risca o tratamento apométrico em benefício da amiga Diana. Entretanto, ela ignorava que Diana fora acionada pela mesma equipe que a treinava para tarefas futuras. Ambas estavam acopladas magneticamente. Matilde fora parcialmente desdobrada, mas permanecia consciente, quase adormecida.

— Vamos pedir aos boiadeiros que possam trazer até aqui as entidades que envolvem Diana — disse o dirigente dos trabalhos antes de emitir os comandos magnéticos, estalando os dedos de forma ritmada apenas para marcar o compasso dos pulsos de energia e orientar o pensamento dos membros da equipe, de modo a agirem em sintonia e em uníssono.

Um grupo de espíritos surgiu em meio à névoa do plano astral, um resquício das brumas dentro das quais nos encontrávamos antes. Bradavam forte por entre a penumbra do ambiente astralino. Tão logo escutamos o estrépito da turma de boiadeiros, avistamos um tumulto nas regiões próximas. Uma malta de baderneiros, de espíritos variados e vândalos do submundo corriam aos berros em frente a nosso grupo de observadores. Saíram em debandada, como se fossem perseguidos por caçadores desconhecidos. Em seguida, surgiram equipamentos que lembravam motos defeituosas, sujas e rotas, rugindo e soltando fogo e fumaça, montadas por pilotos tentando fazer com que funcionassem aqueles veículos, na verdade, criações mentais artificiais deterioradas. Umas se chocavam contra as outras, e os seres que as conduziam caíam ao chão, correndo, também tomados por medo e até pavor. Logo atrás, a liga de boiadeiros, bramindo cordas e laços feitos de pura energia, segurava sua guiada,[3] através da qual se lançavam faíscas de eletricidade, que davam choque nos marginais. Vinham montados em cavalos de várias cores, mas com predominância da cor castanha, exibindo belas crinas, e galopavam pelos redutos das dimensões inferiores, apesar dos fluidos

3. No verbete *guiada*, lê-se: "Vara comprida com ferrão na ponta, usada para tanger os bois" (DICIONÁRIO Aurélio da Língua Portuguesa. 5ª. ed. Curitiba: Positivo, 2018).

densos da região. Por entre cardos e espinhos da paisagem árida, entre diferentes montanhas, colinas e antros escondidos nas cavernas, os boiadeiros bradavam como guerreiros — caboclos guerreiros — e eram temidos pelo bando de obsessores.

Lançando mão dos seus laços, que cintilavam uma luz dourada, capturavam magneticamente grupos de dez a quinze obsessores, obrigando-os a pararem sua carreira desenfreada pelas colinas. Parte dos boiadeiros, gritando campo afora, subia alguns metros, deslizando velozmente, sempre levada por seus cavalos, peritos em se locomover fluidos acima, e assim sobrevoava a súcia de obsessores, que corria, tombando aqui e acolá com grande temor. Os caboclos davam uma volta entre 10 e 20m acima do solo e retornavam com os prisioneiros astrais, seres que intentavam, por determinados meios, causar empecilhos na vida tanto de Diana quanto de seus familiares e colegas de trabalho. Junto daquela turba, capturaram espíritos ligados a outros consulentes que seriam atendidos pela equipe de apometria. Reuniam-se entre eles exemplares dos piores criminosos do astral. Os boiadeiros os perseguiam, implacáveis, para colocar fim ao transtorno provocado por seus desmandos na vida de quem se tornara alvo de suas investidas.

— Normalmente — falou Pai João —, nossos irmãos espíritas jamais fariam uma ação deste tipo. De modo geral, tendem a priorizar o livre-arbítrio do obsessor, que continuará solto até que resolva atender aos apelos da misericórdia divina, continuando a causar dano a seus alvos mentais. No método a que assistimos, o livre-arbítrio do criminoso astral não prevalece ante a saúde mental e espiritual do indivíduo em tratamento. O mal é combatido imediatamente, e coloca-se fim ao processo em andamento, ao processo obsessivo.

— E por que exatamente os boiadeiros, meu pai? — perguntou Walter, que já conhecia Pai João de outras atividades, muito antes de desencarnar.

— Na verdade, meu filho, caro guardião, os boiadeiros são entidades muito temidas por estas regiões. Bradando da maneira como fazem, impingem medo aos bandos de marginais, os quais, neste território, agem a serviço de um chefe, um espírito especialista. Esses caboclos detêm instrumentos de trabalho que canalizam muitos recursos. Com o laço e a guiada, conseguem aprisionar magneticamente grupos de seres ligados entre si, engajados no mesmo processo obsessivo. Ou seja, eles só capturam e levam para o ambiente das reuniões mediúnicas aqueles espíritos associados ao caso que é abordado naquele momento; jamais apreendem entidades sem relação com os consulentes.

Mais além, no salão onde transcorria o atendimento apométrico, seis dos médiuns incorporaram simultaneamente. Um dos boiadeiros bramiu seu laço ao ar e formou um remoinho de energias, que se abriu, deixando cair de dentro dele diversos espíritos vinculados ao caso de Diana. Contudo, estes deveriam apenas receber um choque anímico, um encontro abrupto e ligeiro com os fluidos dos sensitivos, nada mais, pois eram tão somente os da linha de frente, os subalternos. Eram incitados a agir contra colegas de trabalho, patrões, amigos e familiares de Diana. Obedeciam a um sistema de ataque, um plano de ação perfeitamente concebido e desenvolvido por um habilidoso estrategista da escuridão, muito embora ele não fosse alvo da empreitada da noite.

Assim sendo, cada um dos aprisionados sentiu o impacto dos fluidos dos encarnados e, ato contínuo, era desligado de seu psiquismo, sem que o dirigente perdesse tempo tentando dissuadi-los. Imediatamente, foram conduzidos pelos guardiões para instâncias administradas por eles. Todo o trabalho seria desenvolvido na outra dimensão da vida, em boa medida porque tais espíritos não representavam grande perigo para o caso de Diana. Pretendia-se pegar os mandachuvas, os comandantes do processo de ataque e obsessão em andamento.

Nova ordem fora dada, novo pulso magnético, preparando os médiuns para mais uma etapa da tarefa. Dois deles descreviam o que acontecia com o intuito de orientar o dirigente e os demais. Reconfortados e recompostos após a dispersão dos fluidos remanescentes da bateria de incorporações anterior, os integrantes puseram-se a se concentrar enquanto dois deles cantavam uma música que incitava à batalha e à ação.

SOB O COMANDO DE TUPINAMBÁ, MUDAMOS O LOCAL de onde observávamos a situação em curso, prontos para entrar em ação quando necessário — e se porventura o fosse. Tínhamos a incumbência de abrigar Diana, pois ela seria submetida a um regime de treinamento a fim de que, dentro de mais ou menos vinte anos, pudesse desempenhar um papel importante em eventos futuros. O aperfeiçoamento deveria ser cotidiano; as experiências aumentariam significativamente de intensidade e periodicidade, segundo as determinações dos guardiões. Isso tudo, é claro, caso ela não desistisse durante o percurso. Já havíamos investido em vários outros candidatos a agentes dos guardiões ou cadetes, mas eles desertaram, pois não anteviram que era preciso se dedicar tanto, ser testado e estudar com afinco, como exigia o trabalho prático para o qual se alistaram. Aguardaríamos o tempo necessário. Aquele era apenas o início de uma nova etapa.

Diana seria levada a confrontar seus fantasmas internos, suas sombras, seus medos e logo começaria a lidar com seus perseguidores, oriundos de outros tempos. Competia-nos lhe dar suporte nessa fase, mais do que em outras, pois é exatamente nesse estágio que os cadetes costumam desanimar, pois esperam milagres, como dar saltos e escapar do estudo, do trabalho e do treinamento constantes. Tendem a achar que já estão aptos a assessorar espíritos experientes — sem deter, eles próprios, conhecimento profundo nem experiência alguma. É sinal de desastre iminente quando tal atitude pretensiosa vem à tona. Portanto, nossa atenção se redobrava.

O lugar que encontramos era escolhido de acordo com o planejamento dos dirigentes espirituais. Tupinambá, Pai João, Maria Escolástica e Dimitri tão somente seguiam à risca um plano estratégico preparado com antecedência. Paralelamente, aproveitavam para trazer ensinamentos preciosos que, esperávamos, ficariam registrados no psiquismo de Diana, mesmo que não fossem acessados por seu consciente, ao menos por ora. A ciência espiritual indicava que lhe assomariam à mente no momento adequado, quando mais necessitasse deles.

Adensamos ainda mais nosso corpo astral enquanto Pai João mantinha contato direto com o espírito coordenador das atividades mediúnicas que intercediam em favor de Diana. Prosseguiríamos nossa jornada ligados intimamente aos objetivos de despertamento e formação da aspirante. Dedicávamo-nos a outras atividades concomitantemente com seu preparo. Quando em vigília, até mesmo os problemas enfrentados por Diana seriam acompanhados de perto, porém, sem interferência de nossa equipe, visando ao amadurecimento dela, pois, sem se sujeitar a dificuldades, não há como desenvolver habilidades psíquicas ou fortaleza emocional e espiritual.

Nenhum agente recebe isenção ou imunidade quanto aos desafios cotidianos. Afinal, estes todos, desde decepções e aparentes fracassos até conquistas e vitórias, passando por enfermidades e obstáculos de variada ordem, concorrem para forjar a capacidade de auxiliar, de agir e de reagir em face dos processos com que a pessoa deparará durante os desdobramentos. Não há como improvisar boas respostas e atitudes quando fora do corpo físico sem que se cultivem, no decorrer das lutas diárias, a sabedoria, a destreza e a resistência, entre outros atributos.

Portanto, vede prudentemente como andais,
não como néscios, mas como sábios. Por
isso, não sejais insensatos, mas entendei
qual seja a vontade do Senhor.

EFÉSIOS 5:15,17

CAPÍTULO 9

TERRA ESTRANGEIRA

oite após noite, durante o sono físico, Diana era desdobrada e privava da companhia da equipe espiritual. Muitos aspectos do planejamento a ela relacionado remodelavam-se de acordo com a resposta que dava ao magnetismo e aos chamados recebidos. Algumas ações foram ampliadas, outras, apenas reordenadas, mas o escopo de seu treino permanecia.

Diversos outros agentes em desdobramento vinham ter com nosso grupo e acompanhavam os lances da preparação da cadete. Em dada altura, os pais-velhos resolveram dividir a turma de encarnados em vários núcleos menores, cada um orientado por um dos nossos companheiros. Assim, ficaria mais fácil dar atenção a todos conforme as habilidades e o aproveitamento de cada um.

Pais-velhos de Angola tomavam conta de Diana nessa etapa. Ela estava em outro ambiente, diferente do nosso, pois dedicávamos a atenção aos trabalhos de apometria feitos em prol de nossa pupila e futura parceira de atividades.

Pai João prosseguiu, junto com Walter e Raul, rumo ao local aonde os pais-velhos levaram Diana, que estava bem-assessorada e protegida. No entanto, ele pretendia lhes dar ciência de certos fatos atinentes às regiões onde permaneciam já há algum tempo, pois que conhecia seus meandros e pormenores desde as incursões reportadas por mim em *Legião: um olhar sobre o reino das sombras.*[1]

— Os pais-velhos de Angola estão capacitados a auxiliar Diana nesta fase do treinamento — comentou João Cobú ao se dirigirem ao lugar onde estavam os amigos espirituais com Diana, desdobrada.

Mais uma vez, foi Walter, um velho amigo de Raul e Pai João, quem interrompeu a fala do pai-velho e perguntou, antes que este prosseguisse:

— Meu pai, desculpe minha ignorância sobre o assunto, mas o senhor falou a respeito dos pais-velhos de Angola. Poderia explicar melhor por que alguns pais-velhos se dizem de nações diferentes,

1. Cf. PINHEIRO. *Legião*. Op. cit.

tais como Angola, Cabinda ou Guiné, além de outros locais, como Aruanda? Acaso essa identificação representa tão somente os países de onde vieram quando eram escravos e foram trazidos ao Brasil?

Raul ficou quieto, pois já havia ouvido explicações sobre o assunto em aulas que tivera com Pai João e outros espíritos. Por sua vez, o pai-velho esclareceu Walter sem opor resistência. Pelo jeito, responderia a mesma indagação inúmeras vezes, caso fosse questionado, com a mesma benevolência da primeira vez.

— Pois é, meu filho. No que tange ao nome ostentado pelos pretos-velhos, convém lembrar que, inicialmente, quando as entidades assumiram essa conformação espiritual e adotaram essa terminologia para se apresentarem na Terra, elegeram para tanto as fileiras da umbanda como ambiente sagrado, místico e religioso. Frente à propagação da mensagem de espiritualidade, pais-velhos, caboclos e outras entidades aos poucos expandiram sua proposta, visando ao momento de reurbanização planetária que ora se avizinha. Portanto, é preciso interpretar as palavras e o vocabulário desses espíritos segundo o sentido ritualístico próprio da umbanda à época. Não é possível se ater aos nomes e aos sobrenomes de modo literal; ao contrário, deve-se compreender que pais-velhos, caboclos e exus se reúnem por afinidade vibratória. Assim, agruparam-se espíritos que se manifestam de acordo com sua especialidade e, também, conforme sua habilidade específica ao lidarem com os desafios humanos dos dois lados da vida.

Pai João continuou se dirigindo ao guardião, porém, suas palavras clarearam ainda mais o que já havíamos estudado previamente:

— É claro, filho, que, entre os adeptos encarnados da mensagem de espiritualidade, não há consenso quanto ao que iremos falar. Afinal de contas, meus irmãos criaram sistemas e vertentes próprias; em alguns casos, até digladiam entre si para fazer prevalecer sua verdade.

“Os pretos-velhos, em sua maioria, são conselheiros sábios, psicólogos do Alto, médicos da alma, figuras dedicadas a guiar seus filhos na Terra, amparando-os emocional e moralmente. Outros são apenas amigos, confidentes ou mestres da espiritualidade. Há, ainda, os magos brancos, iniciados de tempos idos, grandes hierofantes ou sumos sacerdotes, que, de posse de mirongas — isto é, segredos ou mistérios — e conhecimentos adquiridos no passado remoto, em célebres templos iniciáticos, adaptam tais saberes à capacidade dos filhos de Terra de compreendê-los e à linguagem atual. Transmitem a ciência profunda que detêm acerca da natureza, por exemplo, e ensinam os meios pelos quais seus pupilos de hoje em dia podem administrá-la na forma de banhos de ervas, de pontos de fogo ou fundangas — ou seja, com o uso de pólvora —, bem como de pontos riscados e de outras ações, todas moduladas segundo o contexto e as crenças de cada um.

"Nos embates do submundo, os pais-velhos[2]

2. Apesar de os termos *preto-velho* e *pai velho* — bem como as flexões *preta-velha* e *mãe-velha* — serem usados indistintamente em muitos momentos, a rigor, o que contém o substantivo *preto(a)* indica um tratamento mais genérico, enquanto o nome *pai/mãe* denota experiência e costuma ser reservado a anciãos e iniciados, ou seja, aos mais sábios entre os pretos-velhos.

sempre contam com os exus, seus fiéis escudeiros, que são os soldados do mundo astral. Em conjunto, enfrentam legiões de espíritos maus em geral e, também, peritos na execução de baixa magia e na promoção de obsessões complexas."

Pai João resolveu sentar-se numa pedra na paisagem astral. Naquela posição, aguardava o momento em que se atenuaria a vibração de certas formas-pensamento, com a finalidade de evitar que interferissem no psiquismo de Raul. Na verdade, este se compadecera do quadro de alguns recém-desencarnados ao redor e, por isso, atraía criações mentais daninhas desses indivíduos. Passado determinado tempo, suficiente para o médium se recompor, o pai-velho continuou nos explicando:

— De acordo com os princípios a seguir, meus filhos, dão-se as características mais importantes dos pais-velhos quando atuam no plano extrafísico, uma vez que, ao incorporarem, ficam sujeitos às interpretações pessoais dos médiuns, conforme estes sejam mais ou menos esclarecidos. Dessa maneira, na dimensão astral, como especialistas da alta magia, essa qualidade de espíritos se distingue nas categorias definidas a seguir.

"Aqueles pais-velhos e mães-velhas que se identificam com o sobrenome *de Angola*, como Pai Joaquim de Angola, Mãe Maria de Angola e outros tantos, são, em regra, grandes peritos da alma humana. Numa atuação semelhante à de psicólogos, são capazes de provocar intenso efeito emocional sobre seus interlocutores, uma espécie de choque, por meio do conhecimento de fatores relacionados ao psiquismo, aos traumas e às carências do espírito. Quando se faz necessário abordar obsessores para os demover de iniciativas mesquinhas e daninhas, os pais-velhos de Angola são talentosos na persuasão, sobretudo inspirando médiuns e dirigentes de reuniões no tocante ao diálogo, destacando-se pelos argumentos mais elaborados. Não são de medir suas palavras e dosar suas mensagens; muitas vezes, parecem estar brigando, mas isso se deve à vibração que elegeram para trabalhar, de modo a confrontar o mal na raiz mais traumática. Por isso, costumam ser bem diretos na forma de se comunicar.

"Por outro lado, os pais-velhos que adotam o nome *de Aruanda* são, geralmente, mais dóceis nas palavras, pois que são antigos iniciados, hierofantes e sacerdotes de cultos pretéritos. Trazem firmeza e doçura, aliam a flexibilidade à solidez e à segurança nos argumentos e nas ações. Muitos nem foram escravos, embora atuem revestidos da roupagem de um ancião negro. São ligados à causa da justiça sideral, e, portanto, boa parte deles domina questões ligadas à transmigração de espíritos entre diferentes orbes. Por serem autoridade em matéria de magia, alta magia e magia negra, são exímios combatentes de magos negros, a quem se opõem com propriedade e robustez.

"Já os pais-velhos do *Congo* e *da Cabinda* são, tradicionalmente, os maiores peritos em magia negra quando esta adquire contornos de baixa magia e, claro, de feitiçaria. São imbatíveis em sua competência ao fazerem frente a feiticeiros e, também, a fenômenos de magia negra que afetam o corpo físico de meus filhos. Nos embates do plano astral, conseguem com maestria arrostar e reverter os processos de vampirismo e de obsessões complexas, de modo geral, com destaque para aqueles em que há roubo de vitalidade diretamente do duplo etérico.

Especializaram-se em tudo que diz respeito à manipulação de ectoplasma. Conforme ressalvei antes, isso não quer dizer que, incorporados, sejam capazes de demonstrar, na prática, esse gênero de habilidades, pois ficam sujeitos às limitações dos médiuns no tocante a crenças, conhecimentos e maneirismos peculiares a cada um. Tais características, portanto, só se manifestam em plenitude no mundo extrafísico, onde esses espíritos trabalham livremente.

"Os pais-velhos *da Guiné*, por sua vez, são ilustres conhecedores da medicina espiritual, com especialidade em fitoterapia e remédios energéticos, sobretudo aqueles que agem sobre o psicossoma e o duplo etérico. Outra característica notável que detêm é o poder de manipulação das forças elementais, cujos pormenores dominam com maestria.

"Dessa maneira, meus filhos, os pais-velhos, reunidos em grupos de afinidade e falanges de trabalho, formam o contingente mais tarimbado na abordagem de obsessões complexas e processos do gênero. Além do mais, em suas equipes, contam com especialistas de diversas áreas. Costumam até mesmo atuar na companhia de seres de outros orbes, que disfarçam as feições espirituais, assumindo aspecto mais parecido com o humano. Com essa providência, visam evitar desgastes desnecessários diante dos filhos de Terra e das suas crenças pessoais, as quais se modificam gradativamente, ao longo dos anos; assim, à medida que se atualizam, os médiuns acabam oferecendo melhores condições para que eles se expressem."

Pai João percebeu que era hora de nos adiantarmos e levantou-se, embora todos nós tenhamos ficado com muitas perguntas ainda sem respostas. Resolvemos não atrapalhar o andamento das tarefas com nossa curiosidade. O pai-velho retomou o percurso na paisagem sombria do submundo, pois ainda teríamos muita coisa pela frente.

Fomos caminhando e, à proporção que o solo ficava mais pegajoso, notávamos formas bizarras se movendo tanto dentro do chão quanto na superfície. Nosso guia nos socorreu com suas explicações, novamente dando mostras do seu vasto conhecimento sobre a vida extrafísica:

— O plano astral, meus filhos, é um mar de criações, onde se materializam os pensamentos e as emoções de todos os seres vivos pensantes. Quando digo *se materializam*, entenda-se: manifestam-se adquirindo formas tangíveis, moldadas na matéria própria desta dimensão. A título de exemplo, reparem o solo onde pisam; guarda características que merecem ser observadas.

Respirando profundamente, João Cobú continuou, relacionando uma informação à outra:

— No que concerne ao médium ou animista que abandona a realidade física em caráter temporário, por meio da emancipação da alma,[3] é importante que esteja ciente do que o aguarda nos sítios umbralinos, pois, tão logo se desprenda do corpo, aportará, fatalmente, no plano astral. Não é possível dar saltos no tocante a esse assunto! Não há como o indivíduo se projetar além, em esferas superiores, se não aprendeu sequer a se movimentar e interagir em dimensões mais próximas à Crosta.

O solo revolvia-se todo, como se vermes e outros bichos estivessem à espreita para se alimentarem.

3. Cf. "Emancipação da alma". In: KARDEC. O *livro dos espíritos*. Op. cit. p. 293-322, itens 400-455.

Seres que lembravam baratas, escorpiões e lesmas andavam sobre o chão, e alguns deles ameaçavam subir pelas pernas de Raul, decerto por ele estar vinculado a um corpo físico, diferentemente de todos nós. Afinal, os encarnados são dotados de duplo etérico, e, mesmo projetados somente em perispírito, persiste a exsudação de fluido vital, proveniente do reservatório etérico, a qual se dá por meio do cordão de prata, que conecta a base física do animista ao psicossoma. Portanto, esse fluido, que é uma força modeladora e plasmática, acaba exalando também do corpo espiritual.

Raul chacoalhava-se, alijando de si as criaturas que encontramos por ali, nas formas mais medonhas e bizarras. Ele se remexia todo, passando as mãos pela epiderme espiritual, afastando de si os bichos que tentavam fixar-se nele.

— Você já sabe como se proteger, Raul — admoestou-o Pai João. — Afinal, a imunidade energética faz parte dos primeiros ensinamentos dados pelos guardiões, quando você começou seu aprendizado de desdobramento, há mais de quarenta anos. Então, filho, não tema. Mesmo antes de reencarnar, você passou mais de cinquenta anos nesta dimensão, aprendendo conosco e com os guardiões. Faça valer seu conhecimento, meu filho.

— Não é medo, Pai João. Ainda hoje sinto nojo desses bichos peçonhentos — redarguiu Raul, exagerando e fazendo uma careta típica dele quando tem asco, algo difícil de reproduzir em palavras, um esgar, uma caramunha horrível até para nós, que já estávamos habituados com ele.

O pai-velho ignorou as reações do médium a partir dali. Não obstante, as criaturas não desapareceram. O mais interessante era que, quando nós, da equipe espiritual, pisávamos o solo, um magnetismo vigoroso parecia irradiar-se de nosso corpo espiritual, de tal modo que os insetos e as demais criações inferiores mantinham-se distantes de nós, como se fosse delimitado um perímetro, por meio de emissões magnéticas naturais, que as afugentasse.

Pai João aproveitou a situação para nos dar maiores informações que, talvez, pudessem auxiliar os viajores que se projetavam entre dimensões. Abaixando-se e pegando alguns daqueles elementais artificiais em suas mãos — escorpiões, baratas, uma lagarta e um inseto diferente de tudo o que eu conhecia até então — e mostrando-os para nós, ele nos falou:

— Estes seres, que são muito comuns em ambientes próximos à Crosta, são fruto de pensamentos, emoções e sentimentos de culpa provenientes da massa de entidades que vivem nos subplanos umbralinos, tanto quanto dos homens encarnados. Imaginem milhares, milhões e até bilhões de inteligências pensando, sentindo, elaborando e forjando ideias de crueldade, mentira, hediondez, culpa e autopunição; mais ainda, toda sorte de elucubrações nocivas e situações tormentosas, tais como depressão, angústia e os inúmeros subprodutos da mente atormentada. Agora, considerem cerca de nove bilhões[4] de almas reencarnadas pensando constantemente, aliados aos mais de cinquenta bilhões de espíritos desencarnados cativos da psi-

4. Atualmente, as estatísticas oficiais falam em 7,7 bilhões de habitantes no planeta em 2019. Como anotado em obras anteriores, porém, os espíritos insistem que o número real é maior, pois a população, segundo afirmam, é subdimensionada em países com condições mais precárias.

cosfera terrena. Entre eles, a grande maioria, aproximadamente 70%, apresenta estado lamentável, permanece alheia a qualquer despertamento espiritual e longe da sabedoria mais elementar e do respeito às leis cósmicas. Tomando essa realidade por base, podem-se deduzir o teor vibratório predominante e o resultado que se prolifera nas regiões inferiores. Por isso, os elementais artificiais criados pelo pensamento desorganizado existem aos borbotões na paisagem do submundo.

Raul, mirando com visível asco as criaturas que Pai João pegara nas mãos para examinarmos de perto, perguntou, fazendo sua careta costumeira:

— E estes seres na forma de insetos e outras pragas podem causar danos ao médium desdobrado?

Em vez de responder com uma explanação, o pai-velho chamou o médium para junto de si e pediu que evitasse pensar na conformação dos bichos que segurava; pediu que tentasse ignorá-los enquanto ele, Pai João, conduziria uma experiência. A muito custo, nosso amigo conseguiu atender-lhe.

João Cobú se aproximou de Raul ainda mais, estendeu os braços e ficou com as mãos espalmadas a mais ou menos 5cm do nosso amigo. Ainda bem que o médium não se recordaria disso ao ser acoplado, senão teria dificuldades até de se aproximar do pai--velho depois. Os insetos e as demais criaturas saltaram das mãos de Pai João e se jogaram sobre Raul desdobrado. Começaram a passear por seu corpo espiritual, mas, de modo instintivo, dirigiram-se aos chacras inferiores: básico, esplênico e gástrico. Ali se alojaram, na tentativa de absorver o fluido vital ou magnetismo primário emanado desses órgãos energéticos. Raul pôs-se a se coçar de maneira voraz imediatamente. Não fosse a interferência de Pai João, passaria a vomitar ou teria outras reações, as quais poderiam, inclusive, repercutir no corpo físico, embora ele estivesse a centenas e centenas de quilômetros, deitado no leito doméstico.

Pai João impôs as mãos sobre as regiões onde se encontravam as criações mentais, e elas se desfizeram no ato, como num passe de mágica. Na verdade, foi um passe magnético ministrado pelo pai-velho.

Raul saiu do estado de concentração e deixou de ignorar a ação dos elementais artificiais sobre si mesmo. O esforço do médium, chacoalhando-se todo, remexendo-se, pulando, dava a entender que expulsava do perispírito dezenas de seres dessa categoria. Novamente, Pai João interveio:

— Agora é sua própria mente, meu filho. Pare com isso, com esse exagero — determinou o pai-velho, mais severo. Raul cessou imediatamente, sentindo-se melhor.

— Diante de tudo isso, avaliem o seguinte, meus filhos — retomou João Cobú, como se o médium houvesse se comportado decentemente, sem seus ímpetos e exageros. — Imaginem um encarnado que desconheça situações assim, com que deparará do lado de cá da vida, que tampouco disponha de perícia e técnica para se proteger de criações mentais desse tipo. Caso esse indivíduo venha, em desdobramento, a regiões como estas, já pensaram? Por isso, não me canso de repetir: é fundamental estudar um pouco mais, pois o mundo extrafísico é uma realidade concreta, dotada de habitantes, geografia e características próprias; não é mera invenção governada por leis subjetivas.

O pai-velho não se fez de rogado e avançou nas explicações, abrangendo aspectos ainda mais amplos:

— Aliás, se algo aqui é de dar medo é precisamente a imaginação, pois, no plano astral, ela reina soberana; é mais poderosa do que em qualquer outra instância, justamente pelos meios com que conta para se manifestar. Estimulada por criações mentais que lhe correspondam em frequência e qualidade, a imaginação inconsequente pode acarretar enorme estrago no psiquismo de meus filhos, levando até mesmo seus frutos a se materializarem no corpo físico, em forma de diferentes enfermidades. Com efeito, esse processo ainda pode ser agravado pela ação de espíritos nefastos.

"Inteligências das sombras, principalmente magos negros, feiticeiros e outros obsessores que conhecem a natureza e a dinâmica das criações mentais inferiores, cultivam-nas, acentuam seu potencial prejudicial e as empregam no roubo de energias, sobretudo de encarnados. Larvas e elementais artificiais na forma de insetos e animais parasitas ou peçonhentos podem ser objeto e instrumento utilizados para drenar o ectoplasma, a vitalidade e a substância emocional dos filhos, provocando uma vasta gama de situações e reações, que vão desde alergias até patologias mais sérias. A propósito, a experiência mostra que dificilmente um quadro alérgico mais severo está desvencilhado da contaminação, em algum nível, por parte desses seres malsãos.

"Quando existe acúmulo de criações mentais desse naipe, tanto no ambiente quanto na aura das pessoas, verifica-se repercussão quase imediata no processo de respiração e, também, no funcionamento do cérebro de meus filhos. Tal acúmulo acentua desde a dependência doentia de certas situações, pessoas e substâncias até os comportamentos compulsivos, passando por perdas sensíveis de energia e perturbações relacionadas ao sono. No médio prazo, a aura é exposta a processos mais delicados, que culminam em graves obsessões. Existem lugares ou meios físicos, astrais e virtuais — esta última categoria, hoje com grande destaque — que são fartos depósitos de parasitas do astral, portas abertas para o fenômeno descrito. Ao se conectarem regularmente com tais situações ou sítios, os homens da Terra tendem a desenvolver dependência, um vício tão arraigado que mal conseguem viver o cotidiano sem os elementos que transitam desses locais para seu psiquismo e, daí, para os sistemas sanguíneo, linfático e/ou mental e energético.

"Evidentemente, cedo ou tarde esse círculo vicioso acaba por estabelecer a sintonia do indivíduo com ambientes dessa categoria vibratória. Ao cabo de algum tempo, a pessoa passa dos contatos virtuais aos físicos e, então, ingressa em meios sociais e se sente atraída por lugares onde pode encontrar maior cota de fluidos já contaminados. Logo se torna tão viciada que, decorrido breve período, perde a conexão com ideias, pensamentos e hábitos superiores, saudáveis ou nobres."

— Meu Deus, Pai João! — falou Walter, meio horrorizado.

— Pois é, meu filho... Algo que pode se iniciar de forma simples tem potencial para evoluir até se converter num processo obsessivo que classificamos, em nossos estudos, sob o nome de *tecnomagia* — ou seja, o produto da aliança espúria entre cientistas e magos das sombras, entre tecnologia e magia. Lamentavelmente, existem muitos filhos que, pretendendo servir ao bem, já estão enredados na malha traiçoeira desse tipo de obsessão.

“A título de exemplo, vejam o quadro grave a que se entrega quem se conecta a aplicativos de relacionamento à procura de parceiros, sem a devida cautela — e tudo ali visa romper qualquer senso de cautela e precaução. Concebida com esse fim, essa iniciativa é tratada por aqueles espíritos como uma espécie de projeto de tecnomagia em versão beta. Grande parte das pessoas começa a se conectar porque, antes, contaminou-se com aquelas energias, larvas mentais e emocionais. Em pouco tempo, os elementos nocivos que acarretam prejuízo a suas mentes e emoções fazem o hábito escalar para a compulsão, pois os elementais artificiais reclamam alimento em doses cada vez mais copiosas. A procura por indivíduos com os mesmos traços energéticos, com quem o alvo possa se consorciar e se locupletar, cresce sem limite. Alegam, então, pretextos infindáveis e lógicos, conforme a cultura e os subterfúgios mais bem-elaborados que cada qual é capaz de arquitetar. É claro: sempre com ‘boas’ intenções! O ardil da tecnomagia ao dominar multidões é, sobretudo, a discrição. Somente depois de alguns desastres ou mediante intervenções drásticas, o ser consegue escapar das teias da viciação mental e emocional.

"Observando esse fenômeno em particular — continuou o pai-velho —, podemos ter uma ideia de como os magos negros e os vampiros do astral conseguem sugar o fluido vital de quem se enreda nesse tipo de prática, que lhe mina as resistências diariamente. Aproveitam as conversas e as trocas energéticas e sequestram o ectoplasma de seus alvos. Dificilmente alguém avalia a tragédia a que acaba se submetendo nesses casos até que seja tarde e os danos já sejam expressivos. Entretanto, tudo é desencadeado a partir do mero contato que uma mente suscetível ou em franco desequilíbrio trava com imagens mentais e criações nefastas engendradas por inteligências inescrupulosas."

Calamo-nos ante as explicações do pai-velho. É que todos tínhamos pessoas encarnadas, amigos, parentes que estavam imersos no mundo físico, e, possivelmente, alguns ou muitos deles se viam enredados nesses intricados esquemas de contaminação fluídica, sobretudo como alvos ou parceiros do processo mais elaborado de tecnomagia.

Caminhávamos por entre a paisagem e, então, avistamos algumas das cavernas que antes só divisávamos à distância. Uma delas contava com algumas entidades que pareciam guardar a entrada, como se houvesse algo precioso ali dentro. Olhamos para cima e notamos que, sobre o lugar, havia nuvens escuras, como as que precedem uma tempestade. O ambiente, além de sombrio, refletia uma tristeza muito grande, uma aura de desolação de caráter doentio.

Observando as cavernas com imensa vontade de adentrá-las para ver que segredos guardavam, fomos alvejados pelo olhar de reprovação de um dos guardiões. Prosseguimos, percebendo como a paisagem se modificava o tempo inteiro, talvez refletindo os pensamentos e as emoções dos habitantes do local. Havia cavernícolas, espíritos que não suportavam a luz astral e se malocavam pelos antros, alguns, supostamente usados por magos e entidades especializadas. Definitivamente, a região não oferecia segurança.

Pai João aproveitou nossa caminhada e o fato de que estávamos quase chegando aonde os demais pais-velhos se encontravam para transmitir, possivelmente, suas últimas observações naquela jornada:

— Não nos esqueçamos, meus filhos, de que as criações mentais, tais como as que vimos neste recanto do mundo inferior, muitas vezes são armazenadas e cultivadas por cientistas desencarnados e peritos das sombras, no intuito de serem manipuladas para fins hostis. Uma vez que estão impregnadas de emoções fortes, traumáticas — e, por isso mesmo, assumem o aspecto de vermes, insetos e outros bichos repugnantes —, podem ser utilizadas na produção de clones e outros seres artificiais, elaborados e mantidos nesses laboratórios do submundo.

"Há, também, casos em que os elementais artificiais inferiores são empregados por maus espíritos como instrumentos de tortura. Deparamos com vários episódios em que indivíduos passam centenas de anos sendo torturados por haverem sucumbido à ação de especialistas do submundo."

Ainda antes de chegarmos ao local aonde os pais-velhos levaram Diana, tivemos de atravessar um lugar que mais parecia um bolsão de sofrimento. Diversos homens e mulheres jaziam ali. Muitos choravam, lamentavam, e outros simplesmente gemiam. Buscavam tirar de seu corpo astral, sem sucesso, larvas e criações mentais em formatos diversos, tais como de formigas, baratas, escorpiões e outros mais, tormenta que lhes induzia a sofrimento extraordinário e quase interminável. Raul se retraiu ao contemplar as primeiras criaturas. Eram homens e mulheres como qualquer pessoa que desfila sobre a superfície do planeta.

Foi então que Raul aproximou-se de um deles, dos espíritos, e reconheceu alguém com quem tivera contato no mundo físico. A pessoa estava transtornada, infestada de baratas e outros insetos e pragas. Ora tirava de si alguns deles, ora pegava-os com a mão e fazia menção de comê-los; em outro momento, corria em círculos, arrancando as próprias roupas. Visivelmente exasperado, Raul alternava o olhar entre Pai João e o indivíduo que lhe era familiar.

— Mas ele está encarnado ainda, Pai João! Como está aqui, nesta região?

— Ora, meu filho! Como se você não conhecesse o processo de desdobramento!... Nosso amigo está realmente de posse do corpo físico, porém, em momentos de sono, quando se exterioriza, ele é atraído magneticamente até estas regiões, onde sua alma mergulha neste mundo de criações destrutivas. Durante a vigília, inebria-se em pensamentos e emoções desconexos; arrepende-se de certas atitudes, contudo, resta-lhe orgulho suficiente para não dar o braço a torcer. No fim das contas, coloca-se como inacessível aos apelos que o Alto lhe faz ao bom senso; aliás, rejeita-os abertamente, com base em argumentos que considera — e, à primeira vista, de fato soam — inteligentes.

— Mas, pelo que eu sei, Pai João, ele é trabalhador em uma casa espírita!

— Isso não o torna imune a suas próprias criações mentais e emocionais, meu filho! Podemos realizar muito em benefício das pessoas, dos trabalhadores do bem em geral, contudo, jamais poderemos fazer aquilo que eles não querem que façamos, ou seja, não somos capazes de livrá-los de si mesmos.

Raul entendeu a situação, que calou fundo em seu íntimo. Buscou se fazer percebido pela pessoa, mas nada. O homem estava totalmente embriagado nas criações mentais daninhas. Pai João aproveitou enquanto Raul procurava despertar o rapaz para receber alguns dos pais-velhos de Angola, que vinham em nossa direção. Um deles, vendo Raul agachado ao lado do indivíduo, que se debatia em meio aos insetos, informou:

— Já tentamos livrá-lo por diversas vezes, meu filho. Porém, ele nem ao menos se permite pensar, durante a vigília, que pode estar equivocado em sua maneira de ver as situações e de se comportar diante delas. Julga-se conhecedor das questões espirituais e avalia que nossos conselhos são ultrapassados, pois tem sua ideia própria a respeito da vida imortal. Portanto, fecha a porta a qualquer auxílio; acha que são pedantes as recomendações de pai-velho.

Fitando o entorno, enquanto Pai João saía conversando com um dos pais-velhos que ele recebera, outro falou, ao nos afastarmos do local:

— Vemos aqui baratas, lacraias, aranhas, escorpiões, além de outras criações nocivas, que, na verdade, são apenas duplicatas de seres dessas espécies, próprias do mundo físico. Ou também pode ser o contrário, meus filhos, uma vez que a realidade material é cópia do que temos do lado de cá.

Vovô Congo falava com conhecimento de causa. Percebendo o interesse de Walter e também de Raul, que pretendia, por meios inauditos, livrar seu conhecido do plano físico daquela situação, continuou:

— É muito comum observar criações que mantêm o aspecto de baratas, ratos, escorpiões e lacraias agindo no mundo físico, quando absorvem o hálito mental de multidões onde há concentração de pessoas, mormente em atividades políticas e manifestações em que ressalta o descontrole da massa e também em ajuntamentos como *shows* de música estridente e vulgar, em que as energias expressas e cultivadas são de natureza mais grosseira.

"Repare o caso do homem que o mobilizou há pouco, Raul — continuou Vovô Congo. — Ele estava envolvido por lacraias, elementais dos mais bizarros e nefandos, as quais se ligam a indivíduos com algum tipo de descontrole ou desequilíbrio intenso no âmbito da sexualidade. Alimentam-se de energias sexuais, do ectoplasma já modificado e contaminado, e estimulam o desejo e a libido desenfreados. Essas criaturas artificiais, de modo especial, estão diretamente associadas a certas enfermidades, tais como as doenças sexualmente transmissíveis."

Depois de transitarmos por locais desafiadores, acabamos por reunir volume apreciável de conhecimento acerca da geografia astral e da ação das criações mentais nos ambientes umbralinos. Já detínhamos bastantes informações sobre os motivos pelos quais devem ficar atentos os viajores astrais e as pessoas que aspiram à parceria com os guardiões e os demais amigos por meio do desdobramento. É imperioso se instruir quanto às energias, às criações mentais e às entidades que vivem e vibram no submundo, a respeito tanto de sua existência como dos meios para se defender delas.

Chegamos, finalmente, aonde os pais-velhos cuidavam de Diana desdobrada. Apesar dos percalços, Raul parecia satisfeito com o que aprendera com os pais-velhos, assim como nós, os que acompanhávamos a caravana, pois a cada dia ampliávamos nossa compreensão sobre os fenômenos daquele plano inusitado.

Penetrar uma nova dimensão equivale a visitar um universo diferente, dotado de leis, problemas, paisagens e população próprios. Não bastam dados superficiais quando se trata de trabalhar nesse novo mundo, nessa dimensão. Como em qualquer lugar, depara-se com desafios, perigos e fenômenos insólitos, aonde quer que se vá, seja para viver ali por tempo indeterminado, no chamado período entre vidas ou erraticidade, seja por necessidade de trabalho, por meio da projeção da consciência.

Em ambos os casos, seria ilógico inferir que bastam algumas informações superficiais ou um conhecimento escasso para se movimentar, atuar e agir em conjunto com os emissários de Cristo, que concorrem pela evolução do mundo. Igualmente, seria imaturidade e falta de responsabilidade, da parte deles, outorgar poderes e oportunidades de trabalhar mais livremente a quem não queira se esclarecer ou se comprometer com o estudo das leis desse universo novo, dessa próxima dimensão. Naturalmente, os emissários superiores não compactuam com métodos simplistas de ensino, que pretendem estabelecer com eles um elo sem a devida contrapartida no tocante aos cuidados com as defesas energéticas, psíquicas, mentais e emocionais.

Seria leviano menosprezar a preparação rigorosa dos aspirantes, pois é imperativo evitar situações de complexa solução.

Sem organização, disciplina e estudo, não há chancela dos espíritos superiores. Tal como ocorre com a evolução, a promoção a tarefas mais ostensivas e representativas jamais dá saltos.

Sonda-me, ó Deus, e conhece o meu coração;
prova-me, e conhece os meus pensamentos.
E vê se há em mim algum caminho mau, e
guia-me pelo caminho eterno.

SALMOS 139:23-24

CAPÍTULO 10

A PROVA

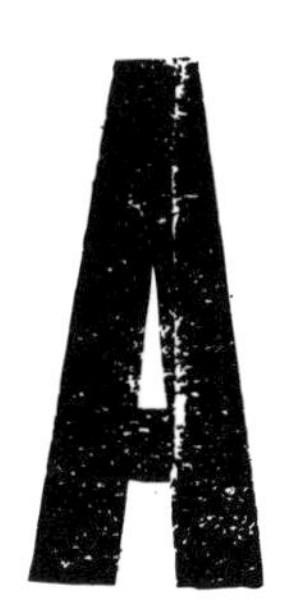strid reuniu a equipe que trouxera consigo dentro da nave lentiforme, que viera do quartel-general dos guardiões superiores, localizado na Lua. Apesar de ser considerada uma nave de pesquisas, munida dos mais sofisticados equipamentos da tecnologia sideral, era aparelhada de maneira a enfrentar eventuais conflitos. Afinal, eles não descuidavam do preparo contra quaisquer investidas das forças opositoras ao progresso e à evolução. Além do mais, precisavam se precaver quanto a possíveis ataques dirigidos aos médiuns desdobrados sob sua tutela. Astrid não negligenciara nenhum detalhe. Tudo estava preparado o tempo inteiro, pois um agente em desenvolvimento, em processo de aprendizado, requeria tutela mais próxima, muito embora os guardiões jamais interferissem na vida pessoal do agente para tirar-lhe a oportunidade de crescimento.

Rumaram eles à base dos guardiões

aonde os pais-velhos levaram Diana desdobrada para travar contato mais direto com seus tutores. Entrementes, nossa equipe se encontrou com os pais-velhos de Angola, a equipe que se responsabilizara por Diana.

De repente, um grupo de quatro médiuns, os quais, até então, estiveram projetados em corpo mental durante toda a nossa jornada, começou a se corporificar gradativamente à nossa frente. Raul ficou extasiado ao ver o processo de corporificação do psicossoma desses agentes. Era um fenômeno lento, contudo, paulatinamente assumiam a forma humana diante de nossos olhos. Ao mesmo tempo, ao contemplarem o ambiente à sua volta — e, também, tendo suas percepções mais ou menos aguçadas, a ponto de ver os espíritos de nossa caravana —, pareciam assustados dois dos cadetes, enquanto os outros dois arregalaram os olhos ao identificarem os guardiões que nos assessoravam e nos conduziam.

Raul olhou ora para Pai João, ora para Maria Escolástica, como a pedir explicações. Pai João sorriu e falou pausadamente, de modo que todos podiam ouvi-lo, inclusive os aspirantes que se projetavam em corpo astral naquele momento:

— Como sabe, Raul, as pessoas que se projetam por meio do desdobramento nem sempre o efetuam em corpo astral. Grande parte o faz em âmbito mental apenas, o que ocasiona percepções da realidade extrafísica segundo as características da emancipação nesse corpo. Foram onze os médiuns em treinamento que nos acompanharam durante todo o trajeto. Todavia, eles não conseguiram se desprender em corpo psicossomático, mas mental somente; assim mesmo, de modo parcial. Eis por que não os pôde perceber antes. Graças à ajuda dos pais-velhos de Angola, notadamente Pai Joaquim, enfim lograram o afastamento do perispírito com maior acuidade e intensidade.

“Agora que estão na mesma dimensão que nós outros, depois de anos de treino, assustam-se com as percepções que obtêm na nova condição. Podem captar imagens, paisagens e mesmo habitantes do plano astral. Apesar disso, tardarão a reter tais impressões na memória, quando retornarem à vigília. Guardarão mais intuições do que aprenderam durante noites a fio, anos e anos de prática. Somente aos poucos, também adquirirão lucidez extrafísica, realidade com a qual não se conformam os aprendizes que anseiam por milagres fenomênicos com rapidez, sem a dedicação diária e obstinada aos exercícios junto dos guardiões, seus tutores."

Escolástica amparava dois dos agentes recém-corporificados, auxiliando-os a estabilizar as células perispirituais, enquanto Raul tomou a iniciativa de ajudar os demais a fazerem o mesmo, dada sua larga experiência ao lidar com o assunto.

— Pareceu-me o tempo todo que somente Diana era treinada e, ainda assim, num processo muito lento, devido às dificuldades naturais a uma aprendiz, tal como eu mesmo... — disse Raul.

— Isso é apenas uma ilusão de ótica ou um engano comum aos médiuns desdobrados, meu filho — redarguiu Escolástica. — Eis o que acontece com todos nós, sejam os que habitamos outras dimensões de maneira mais duradoura, sejam os que aqui vêm: só percebemos aquilo sobre o que colocamos nossa atenção. Esse fenômeno é ainda mais acentuado nos encarnados do lado de cá.

"Nossa visão se restringe ao objeto sobre o

qual nos detemos. Concentrou-se o tempo todo em Diana, devido à necessidade patente de aprendizado, porém, isso ocorreu em detrimento de outros aspectos. Nós, os espíritos, sabíamos o tempo inteiro da presença dos demais agentes em corpo mental. Há, ainda, outra razão para não ter detectado a companhia dos outros cadetes. Para os seus sentidos, acostumados às percepções através do psicossoma, é natural que se deem conta, nesses momentos, somente do que se manifesta em frequência compatível à deles.

"Isso se passa com todos os que desdobram. Nem sempre suas percepções abrangem a realidade completa; ao contrário, uma parcela mínima dela. Ninguém, nem mesmo nós, os habitantes do invisível, temos plena noção de tudo o que nos envolve. Cada um registra fatos dentro de determinada faixa de frequência vibratória."

Escolástica calou-se, pois ela e João Cobú concluíram que as explicações foram suficientes. Aliás, eu nunca havia recebido tantas informações sobre o fenômeno anímico-mediúnico do desdobramento quantas tivera durante toda nossa jornada.

Logo Raul se desincumbiu do socorro dado aos agentes desdobrados e voltou sua atenção a Diana, que dava mostras de ampliar sua lucidez gradualmente, muito em decorrência da intervenção dos pais-velhos. Ao longo dos anos de treinamento, ela fora submetida a tratamentos psicológicos do lado de cá da vida, em paralelo aos exercícios junto dos guardiões, embora sua memória não guardasse todos os fatos. Mas isso era o menos importante, desde que ela tivesse registrados, na memória perispiritual, os conteúdos de aulas e práticas que tivera.

A mulher já há alguns anos era amparada pela equipe espiritual. Vez ou outra a encontrávamos, como então, para certas etapas do treino. Na verdade, eram várias equipes que se revezavam ao longo do tempo, a depender da fase de aprendizado do agente. Ora ela estava conosco, ora era necessário que estivesse com outra turma, praticando aspectos diferentes, tal como o fizera sob a tutela dos pais-velhos de Angola.

— Diana tem apresentado progresso louvável — atestou Joaquim, o espírito que se manifestava como um pai-velho, dotado de grande sabedoria e paciência.

Aos olhos de Diana, a aparência de seu tutor era bem outra. Afinal, cada médium vê, sente e interpreta de acordo com seu arcabouço mental e psicológico e sua cultura espiritual. Dessa forma, o mesmo espírito pode ser percebido vibratoriamente de maneira diversa por médiuns diferentes.

— Então podemos conduzi-la ao posto dos guardiões, finalmente? — perguntou Maria Escolástica, que estava conosco desde o início da jornada de aprendizado, durante anos seguidos, pois trazia enorme repertório a respeito de questões caras aos agentes, tais como processos de magia, elementais naturais, manipulação energética e ectoplásmica, dentre uma vasta gama de conhecimento que ela sabia administrar.

— Acredito que sim — respondeu Joaquim. — Desde que começou a jornada com vocês, noite após noite, conquanto dentro das possibilidades que ela apresenta, temos a trazido para o lado de cá no intuito de que trave contato com tudo aquilo que vivenciaram durante a jornada pelo mundo inferior, de modo condensado. Sei que não fizeram todo esse percurso de uma única vez. Claro que não! — acentuou o pai-velho Joaquim. — Foram necessárias sucessivas incursões, muito embora, na perspectiva de quem ouve relatos no outro lado, possa inferir, equivocadamente, que tudo se passou numa só experiência.

— É... Não há como transmitir de modo diferente as impressões para os encarnados — eu disse, intrometendo-me na conversa dos especialistas em ectoplasma e antigoécia.

— Pois bem — continuou Joaquim, apontando Diana, que, a esta altura, conversava com José Grosso, em estado semiconsciente. — Ela atravessou as paisagens que visitaram, porém, confesso: pensei que ela desistiria. Contudo, surpreendeu-me! No cômputo geral, enfrentou os desafios de um principiante de maneira relativamente tranquila. É evidente que ainda tem enorme caminho a percorrer. No contato com as criações mentais, por exemplo, eu mesmo me incumbi de assessorá-la, pois, nessa fase, deu muito trabalho.

— Entendo por que você quis tomar conta de Diana pessoalmente — aquiesceu Maria Escolástica, mostrando conhecer bem o processo inicitico de alguém que precisava ser treinado dia a dia, noite após noite, para um trabalho mais expressivo fora do corpo.

— Diana apresenta conhecimentos superficiais a respeito de várias questões relativas à realidade espiritual — tornou o pai-velho. — Além disso, demandará um apoio maior dos guardiões que a esperam na base. Existe um desafio maior, alheio à nossa especialidade, que talvez exija medidas mais drásticas, conforme a metodologia que somente os guardiões superiores sabem como administrar adequadamente. É o caso de erodir um conjunto de crenças que ela aos poucos incorporou a seu arcabouço mental durante a passagem por diversos cultos religiosos e, também, por influência de amigos queridos a ela.

Escolástica fitou os demais da comitiva sem comentar diretamente o assunto. Ela sabia que debelar uma mentalidade mais mística não era um processo fácil, tampouco algo que se ensinasse meramente transmitindo instruções verbais. Havia necessidade de algo mais forte, de um método educativo que pudesse falar mais fundo na alma humana.

— Meus amigos... — ponderou Pai João, pausadamente, pois fora ele que nos acompanhou durante noites e noites, umbral adentro, seguindo os passos de Diana. — Sabemos que nossa querida terá de encarar um treinamento intensivo. O que vivenciamos durante este percurso pelas zonas inferiores foi, ainda, uma didática suave, visando imprimir registros nas camadas mentais mais profundas de nossa tutelada. Por outro lado, convém notar que ela tem sido útil no dia a dia, mesmo sem haver concluído a primeira fase de aprendizado.

“Chegamos a este ponto de convergência das forças da natureza — falou abrindo os braços e apontando ao redor — para que Diana possa se reabastecer e tomar contato com este fluxo vibracional que emana da Terra, de regiões onde se cruzam energias de grande potência. Periodicamente, ela deve ser levada a regiões como esta onde nos encontramos, a fim de receber esse influxo poderoso das correntes naturais e fortalecer seu campo áurico e seu sistema de defesa magnética.”

O pai-velho arrematou acrescentando:

— Contudo, Diana, de fato, ainda não está preparada para embates mais firmes junto dos guardiões. Depois de alguns anos, mesmo tendo ela persistido, não há como esquecer que o verdadeiro aprendizado de um agente das forças soberanas da vida transcorre em outra esfera, e não na dimensão astral.

Todos se entreolharam, sabendo muito bem do que falava João Cobú.

NAQUELE EXATO INSTANTE, AVISTOU-SE AO LONGE UMA revoada de seres que pareciam aves de rapina vindo em bandos. Pouco a pouco, a visão se intensificou.

Um dos guardiões ergueu o braço, apontou-o na direção de onde vinham tais seres e ordenou:

— A postos, guardiões! — bradou o especialista enquanto os sentinelas agiram com tal rapidez que se posicionaram em simultâneo ao comando do chefe do pelotão de guardiões. Antes mesmo que terminasse de pronunciar as palavras, os guardas já estavam de prontidão, com armas elétricas de alta potência em punho.

Raul também se colocou ao abrigo, valendo-se das energias emanadas por toda a nossa equipe. Ele abraçou Diana, aconchegando-a em seu braço direito, como que a protegê-la. Os seres semelhantes a aves aproximavam-se cada vez mais velozmente. Somente aos poucos pudemos observar que o bando deslizava bem coeso nos fluidos ambientes.

Tupinambá, o cacique guerreiro, que se manteve mais silencioso durante algum tempo, indicou ao longe. Tão logo levantou a mão, abriu um leque de energias que limpou o campo de visão, arrefecendo a densidade da atmosfera onde nos encontrávamos. Pudemos ver mais claramente. Na verdade, não eram aves de rapina, mas um grupo de entidades de baixíssima frequência que sentiram o cheiro ou as emanações do ectoplasma dos médiuns desdobrados.

Escolástica desenrolou um manto de cor azul-petróleo, algo que trazia de modo bem discreto, próximo ao corpo, dependurado de um lado. Era feito de matéria do plano superior e se mostrava como se fosse um tecido finíssimo, porém dotado de uma cintilação especial. Lançou-o sobre os dois amigos desdobrados, Raul e Diana, enquanto Pai João adotava procedimento semelhante com os quatro outros cadetes, que, a partir daquele momento, estariam bem mais protegidos.

Maria Escolástica fixou os dois agentes cobertos com a capa que trouxera e disse:

— Este artefato apenas atenua as emanações de caráter ectoplásmico, próprias dos encarnados, como sabem. Contudo, não os resguarda plenamente. As entidades que se avizinham parecem obstinadas e sabem bem o que querem.

Acercavam-se de vários ângulos os seres bestiais, de sorte que, então, era possível apreciar sua aparência bizarra. Debaixo do manto emprestado pela antiga babalorixá, Raul amparava Diana, muito embora ele emanasse teor energético equivalente. Os demais agentes estavam abrigados, porém, não detinham acuidade espiritual a ponto de perceberem os detalhes do que acontecia.

De súbito, Tupinambá e Pai João levantaram seus braços direitos num só movimento e emitiram uma luz, um clarão a partir de suas mãos. Todavia, o fulgor não parecia ter como alvo a malta sombria, que avançava em nossa direção como se mergulhasse num oceano de fluidos ainda mais densos. Notava-se que a corja tinha dificuldade em manter-se estabilizada naquele voo, mesmo assim, sustentava-se nos elementos da dimensão onde nos encontrávamos.

Olhando mais ao longe, atrás deles, podia-se observar um horizonte diferente, soturno, que emoldurava uma lua desproporcional, um planeta, quem sabe, pairando acima. A paisagem era de todo sinistra.

Os guardiões ligaram suas baterias, e levantou-se um campo de forças em torno de nossa equipe, de tal sorte que nos protegeu do primeiro ataque das entidades voadoras, cujo aspecto agora se via mais detalhadamente. Lembravam morcegos, uma vez que havia, em seu corpo espiritual, formas similares a asas, com extremidades pontudas. Debatiam-se, as estranhas criaturas, sobre o campo de força, que resplandecia naquele momento. Algumas se estatelavam contra uma espécie de anteparo invisível e caíam ao longe, como se escorregassem em algo impalpável. Era a redoma de proteção, que formava uma cúpula em torno, sobre a qual elas, as bizarras criaturas, debatiam-se de modo repugnante. Outras delas, antes mesmo de se chocarem contra a barreira vibratória, davam meia-volta, pois deduziam que o mesmo destino as aguardava.

Um dos seres se destacou da massa. Era maior,

mais robusto e, também, mais medonho ainda, como se fosse um porta-voz dos espíritos malignos. Pairou um pouco acima do campo de proteção e bradou, dirigindo-se aos guardiões:

— Vocês escondem viventes no meio de vocês. Queremos seus fluidos e precisamos deles agora. Entreguem os viventes e os deixaremos ir, pois não temos nada contra vocês, filhos do Cordeiro.

Uma voz ressoou em sentido contrário, proveniente de um dos guardiões superiores de prontidão:

— Os viventes são nossos protegidos e, também, filhos do Cordeiro. Vocês não terão nenhum acesso a eles — gritou o guardião. — Retirem-se enquanto há tempo, pois nossas hostes estão a caminho.

Os sentinelas miraram as armas elétricas no bando, que se reunia acima e no entorno do campo erguido com tecnologia sideral. No chão, ao redor da redoma energética, entidades se arrastavam, como se fossem lagartixas gigantes, porém sem conseguirem sequer tocar o potente anteparo magnético.

Tupinambá, Pai João e Escolástica se alinharam, enquanto Pai Joaquim e o espírito conhecido como Rei Congo olhavam quase tranquilamente, não demonstrando nenhuma preocupação. José Grosso, por sua vez, assumiu o controle de alguns equipamentos que mantinham o campo defensivo ativado. Estávamos rodeados de criaturas de toda espécie. As coisas pareciam ficar mais tensas e, sinceramente, não saberia dizer por quanto tempo as baterias de força aguentariam sustentar a barreira energética, embora os agentes desdobrados permanecessem sob o manto de Maria Escolástica e a proteção de Pai João.

De repente, um fulgor reluziu bem acima, em frente ao astro que avistávamos anteriormente, no formato de uma grande lua, o qual pairava sobre a paisagem astral. Rebrilhava e evolucionava, como se obedecesse ao comando de alguém no leme da nave que subitamente aparecera. Era a nave lentiforme dos guardiões, pilotada pessoalmente por Astrid, a guardiã superior. Ela era uma verdadeira guerreira.

Alguém em meio às entidades, que se aglutinavam no entorno, emitiu um bramido, que repercutiu no ambiente. As criaturas inferiores voltaram-se contra a pequena nave lentiforme, excitadas, sem saberem o que combatiam. A nave parecia descrever um movimento aleatório, porém, sabíamos que Astrid tinha plena ciência do que fazia.

Em seguida, os espíritos-morcegos abandonaram nosso entorno e volveram todos rumo à nave dos guardiões, dando as costas para nós. Os pais-velhos se entreolharam e estenderam os braços, segurando instrumentos que pareciam cajados longos e retorcidos. Sabíamos que não eram tão somente o que aparentavam.

Tão logo as criaturas da escuridão, que pairavam nos fluidos densos, viraram-se para a nave lentiforme e, ainda, quando os demais seres do abismo rastejavam no solo após se estatelarem no campo de forças, os pais-velhos agiram em perfeita sincronia. Bateram ao chão astral com seus cajados, através dos quais saíam fagulhas elétricas potentes. De imediato, sobreveio um terremoto de grandes proporções naquelas paragens. O chão no entorno tremeu e balançou todo fora da cúpula de proteção. As entidades que pareciam enormes lagartixas foram tragadas solo adentro, gritando e grasnando, tendo sido repatriadas para as dimensões subcrustais donde vieram, com certeza.

Rei Congo e os pais-velhos de Angola, com serenidade, manipulavam as energias daquela dimensão como se fossem transformadores vivos dessas mesmas energias. Fiquei boquiaberto com a facilidade com que eles, Maria Escolástica e os demais pais-velhos eram capazes de movimentar tais recursos, chamando atenção até de alguns guardiões. O fenômeno era terrivelmente lindo de se assistir. Uma enorme tempestade sucedeu; o solo moveu-se e revolveu-se, afugentando as entidades que sobraram, as quais ainda não tinham sido tragadas pelas fendas no chão. A fúria da natureza astral parecia desafiar aquelas ínferas criaturas com trovoadas e tormentas sem igual. Como consequência, a maioria dos seres que desfilavam nos fluidos astrais, voando em direção à nave de Astrid, desestabilizou-se no voo.

A nave diminuta parecia cuspir fogo por todos os lados, mas era apenas uma aparência essa visão. O que ocorria, na verdade, era o fato de que, à medida que a nave pilotada pela guardiã desenvolvia sua coreografia nos céus umbralinos, dela partiam dezenas de outras, pequeninas, possivelmente tripuladas cada qual por um único guardião. Literalmente caçavam cada ser-morcego e disparavam choques elétricos contra eles. Astrid movimentava a nave lentiforme com maestria, enquanto os demais guardiões, que pilotavam os caças, provocavam imenso estrago nas fileiras dos inimigos do bem. Assim que as criaturas voadoras caíam ao chão astral, eram varridas pela tempestade causada pelos elementais, sob o comando dos pais-velhos. Trabalhavam em sintonia os times de guardiões e de pais-velhos. Os cajados batiam ao chão de modo ritmado, emitindo sons e eletricidade, que faiscava na paisagem à nossa frente.

— Deixe-me ver, deixe-me ver! — gritou Raul debaixo do manto protetor.

— Fique quieto, homem! — exclamou um guardião repreendendo o rapaz inquieto. Ele se acalmou no ato, pois respeitava muito um comando com tal autoridade.

Astrid pousou depois de certo tempo, do lado de fora da cúpula magnética, dando sinal aos especialistas e a José Grosso de que já podiam ficar tranquilos. Tudo estava sob o controle rigoroso dos guardiões superiores. Astrid, então, saiu da nave lentiforme, ladeada por Irmina Loyola, ambas exalando uma intensidade de energias que dificilmente passaria despercebida.

Tudo estava elétrico em nosso entorno. Lentamente, os pais-velhos diminuíram a cadência das pancadas; na sequência, a tempestade se acalmou, e os tremores do solo ficaram mais e mais escassos. Os guardiões fora do perímetro que nos abrigava deram conta da malta de entidades trevosas, que por fim fugiram, esbaforidas, pois jamais imaginaram que teriam de enfrentar os comandos superiores. As naves individuais pousaram uma a uma, logo atrás da nave lentiforme. A uma ordem de Astrid, os especialistas que estavam conosco, dentro da cúpula, baixaram o campo defensivo, e pudemos ficar face a face com os amigos recém-chegados.

Raul saiu vagarosamente de baixo do manto emprestado por Escolástica, quando deparou com Irmina junto de Astrid. Ele quase a fulminou com os olhos.

— Nada pior do que quando são as mulheres que entram na luta, meu caro — disse Irmina, encarando Raul firmemente.

— Você me paga por essa! Eu fiquei de fora da

batalha, e você aí, todo-poderosa, lutando contra as hostes do mal.

Irmina levantou a mão direita até a altura dos olhos e estendeu um dedo, encarando as unhas só para fazer gênero, e falou:

— Coisas de mulher, meu caro! Coisas de mulher... Não tenho nada a declarar.

Os dois se aquietaram e, logo depois de se recomporem, abraçaram-se em estrondosa gargalhada.

— Você é uma *demônia*! — falou Raul à amiga desdobrada.

— Ah! E você me adooora...

Maria Escolástica e João Cobú se dirigiram à guardiã, enquanto Irmina Loyola e Raul conversavam com os agentes desdobrados, sentados ao chão, próximos de nós.

— Vocês nunca estarão desamparados, saibam disso — falou Irmina aos agentes fora do corpo. — Tudo isso foi permitido que vivessem, durante a jornada, para que compreendam que os guardiões podem até ficar em silêncio nas horas difíceis, mas jamais os deixarão a sós, sem apoio.

— Quanto a você, Diana — disse Raul, voltando-se à amiga —, eu mesmo fui incumbido pelos guardiões de acompanhá-la nas incursões nestas regiões sempre que necessário. Além disso, vocês todos — apontou o grupo desdobrado — participarão doravante dos estudos que realizaremos junto com os guardiões. Podem entender, com essas palavras, que foram promovidos a outro patamar de aprendizado, a um nível superior, que começará com experimentos extrafísicos, os quais Irmina e eu assistiremos, juntamente com os guardiões, é claro. Agora, terá início um estágio supervisionado, pois nós dois assumimos, perante os amigos que nos dirigem, a responsabilidade sobre a condução de vocês. Responderemos por tudo que fizerem, portanto, precisamos desenvolver um elo de confiança e uma parceria produtiva.

Depois de conversar com Pai João e Escolástica, Astrid mirou o grupo de cadetes desdobrados e declarou:

— Já é hora de adentrarem regiões de aprendizado intensivo, numa zona onde se encontra uma base dos guardiões. Vamos! Devemos agilizar certos procedimentos educativos.

Sem conceder mais explicações aos aspirantes, saiu à frente, entrando na nave. Foi acompanhada por Irmina e Raul, juntamente com Escolástica e Pai João. Os demais, assim como os outros agentes, fomos abrigados em naves auxiliares dos guardiões. Demandamos, então, a uma das bases de estudo dos guardiões.

Sobrevoamos a paisagem astral com muita rapidez. Abaixo de nós, víamos os habitantes daquelas regiões sombrias passarem, sua geografia, com suas montanhas e vales, e logo pousamos no astroporto da base que nos receberia. Os aspirantes seriam admitidos pela primeira vez naquele reduto. Porém, ficariam restritos a um setor específico, pois não teriam acesso, por algum tempo, a outras alas da base. O local, propriamente, situava-se no topo de uma cadeia montanhosa, de difícil acesso até para os habitantes daquela dimensão. Três enormes estátuas, gigantescas, quebradas, porém imponentes ainda assim, revelavam que aquele lugar fora aproveitado pelos guardiões, mas antes tivera outros ocupantes. As estátuas apontavam com o braço direito, todas numa mesma direção, rumo a regiões ignotas daquele plano sombrio. Os guardiões escolheram ali provavelmente por razões análogas às de quem construíra as instalações: era nitidamente um ponto estratégico em relação às cercanias.

— Este local — falou Astrid — é um antigo refúgio da época perdida da Lemúria. Foi uma das primeiras bases de observação das regiões desta dimensão, construídas e utilizadas pelos lemurianos, que, ao partirem de regresso a mundos distantes, deixaram seu legado para trás. Foi o próprio Jamar quem descobriu esta fortificação, com a ajuda dos espíritos Júlio Verne e Dante, os quais chegaram a trazer o médium Ranieri[1] a estas paragens num de seus desdobramentos. Desde aquele momento,

1. Nascido em Belo Horizonte, Minas Gerais, o médium R. A. Ranieri (1919–1989) participou ativamente do movimento espírita regional, acompanhando até mesmo materializações realizadas com o célebre Francisco Cândido Xavier, que, à época, residia a cerca de 30km da capital mineira, em Pedro Leopoldo. Após curta permanência no Rio de Janeiro, radicou-se no Vale do Paraíba, período durante o qual publicou, pela Edifrater, obras que renderam bastante controvérsia, entre as quais, *Sexo além da morte* e O *abismo*.

assumimos o lugar e, há anos seguidos, estudamos o conhecimento que os antigos nos legaram. É impossível aos espíritos sombrios viver aqui, pois a edificação foi equipada pelos ancestrais com armadilhas e armas de uma tecnologia superior, que fazem dela uma verdadeira fortaleza.

"Aqui se encontra um contingente expressivo de guardiões. Utilizamos a riquíssima biblioteca deste lugar para o preparo de agentes do mundo inteiro, embora somente pouco a pouco seu ingresso seja admitido. Como precaução, não permitimos que, ao retornarem ao corpo físico, guardem memória acerca da localização nem dos detalhes arquitetônicos da fortaleza. Apenas conservam imagens imprecisas; gravam na memória espiritual somente o conhecimento que interessa."

Nesse ponto, Raul perguntou:

— Será aqui o lugar onde os novos agentes serão treinados de modo mais intensivo?

— Não, meu caro. Trouxemos todos aqui para que possam assistir, por meio de nosso sistema de comunicação, à mensagem de Jamar, que, como você mesmo sabe, está em excursão pela galáxia com alguns amigos, visando à compreensão do processo reurbanizatório e de relocação de espíritos da Terra a outros orbes. Esta fortaleza possui os equipamentos necessários para a comunicação em tempo real, empregando tecnologia ultraluz, aliás, herdada diretamente dos lemurianos, muito mais desenvolvidos tecnologicamente.

Fomos todos conduzidos a uma ala da ampla base dos guardiões, que Astrid comandava juntamente com outras guardiãs. Adentramos um ambiente com ar futurista, embora tivesse sido elaborado, montado, decorado e equipado há milhares de anos por seres do espaço que viveram na Terra em épocas imemoriais, no auge da civilização lemuriana, hipótese que a ciência humana rejeitava. Mas ali estávamos.

Irmina e Raul ficaram extasiados diante da tecnologia que viam ali. Diversos especialistas se assentaram em algo que parecia cadeiras, embora flutuasse, num sistema antigravidade somente conhecido pelos guardiões. Os médiuns foram levados a cadeiras semelhantes, e nós, da equipe espiritual, colocamo-nos de pé, atrás deles, conforme indicara Astrid.

A um sinal da guerreira superior, sem nenhuma delonga, um dos especialistas acionou um dos aparelhos. Um som quase inaudível foi percebido, muito mais do que ouvido, em todo o ambiente. Diante de nós começou a bruxulear uma luz, num misto de azul e dourado, formando gradativamente a figura do guardião Jamar, que nos olhava a todos como se estivesse justo à nossa frente, pessoalmente.

— Justiça e paz, guardiões e agentes.

Os guardiões daquela base reverenciaram seu chefe com as honras devidas a quem ocupava tal posto na altura do comando hierárquico, contudo, agiram sem afetação. A figura imponente do guardião fez uma deferência à dupla Irmina e Raul; levando a mão direita fechada ao peito, saudou-os, de maneira a ficar clara para todos a ligação especial entre eles:

— Justiça e paz, amigos e companheiros. Sempre é muito bom poder revê-los.

— Justiça e paz, amigo! — responderam Irmina e Raul em uníssono, emocionados.

— Espero que estejam cumprindo as incumbências delegadas a vocês no tocante aos agentes do mundo. Estou sempre atento e acompanho com interesse seus movimentos.

— Temos tentado ao máximo, amigo e guardião — falou Irmina, sem se demorar muito, pois sabia que Jamar não estava ali presente em corpo espiritual. Uma vez que aquela era uma projeção de longa distância, decerto não convinha tomar o tempo do comandante.

Jamar nos cumprimentou a todos da equipe espiritual e agradeceu especialmente a Escolástica e Pai João. Logo depois, dirigiu-se aos agentes desdobrados que ali estavam.

— Vocês foram chamados a servir em nome das forças da justiça e da misericórdia. Nunca se esqueçam de que o projeto dos guardiões superiores não existe para se adequar à visão e às necessidades de cunho pessoal, por mais nobres que possam parecer. Somos concitados a abraçar tamanha responsabilidade, que devemos encarar com reverência; reverência à missão que nos é confiada, bem como à estatura moral daquelas consciências evolvidas que administram os destinos da Terra e do cosmo. Vocês são nossos amigos, nossos irmãos, mas nem por isso devem esquecer que somos todos aprendizes, em qualquer instância onde nos encontrarmos. A despeito disso, existe uma hierarquia superior, estabelecida não por nós, mas por quem preside a evolução em nosso orbe. Portanto, saibam respeitar a autoridade e a hierarquia.

"Saibam pôr de lado as necessidades e os interesses de ordem pessoal, bem como distinguir a natureza do trabalho dos guardiões das questões de foro íntimo, que vocês precisam amadurecer para reger por si sós. Jamais encarem os problemas e os desafios de caráter individual como passíveis de ser resolvidos pelos guardiões. Depararão com lutas intensas, contudo, isso é necessário ao amadurecimento de todos. Ninguém chega ao pódio da vitória sem o suor e as lágrimas inerentes à caminhada. Assim sendo, não recuem, por mais acerbas que sejam as provas. Quando se perceberem sós, lembrem que estamos presentes, silenciosos, atentos, embora não impeçamos que incorram nos devidos testes e extraiam o aprendizado próprio dos desafios.

"Mantenham um olho fechado e o outro aberto. A partir de agora, vocês são recrutas de um exército divino e, por isso, precisam ficar acordados enquanto todos dormem. Nunca olvidem isso. A disciplina, entendida como tenacidade e perseverança a qualquer custo, é a maior de todas as lições que devem aprender. Sem disciplina, jamais levarão a cabo os testes e as experiências que terão pela frente, tampouco vencerão os obstáculos.

"Vivam a vida ao máximo e sejam plenamente felizes, tanto quanto permitirem sua visão e suas crenças. No entanto, não deixem de perceber a hora de parar — isso é essencial. Nunca desprezem os limites, pois tal atitude os salvará de muitos tropeços.

"Recordem sempre que foram recrutados por nosso general, Miguel.[2] Esse fato fará reluzirem diante de vocês a solenidade, a nobreza e a honradez da tarefa que abraçaram."

Jamar continuou falando por algum tempo, e seu discurso repercutiu em cada um de nós de maneira acachapante. Eu chorava, comovido. Raul e Irmina permaneciam com o braço direito à frente do peito, com o punho posto à altura do coração, ouvindo

2. Cf. Dn 12:1; Ap 12:7.

cada detalhe, relembrando quando eles próprios receberam aqueles conselhos da boca do guardião Jamar, há mais de quarenta anos. Não obstante, mesmo para eles, que estagiaram na erraticidade, em regiões semelhantes, dedicando-se ao aprendizado por mais de cinquenta anos antes de reencarnarem, a mensagem de Jamar parecia sempre atual, e era como se a escutassem pela primeira vez.

Diana ouvia com lucidez cada vez maior. Astrid, ao lado de Pai João, permanecia atenta às palavras do guardião superior. A postura da amazona era de reverência, uma reverência quase religiosa — eu diria espiritual — ante a força moral emanada da figura semimaterializada à frente de todos.

Jamar terminou seu pronunciamento, dirigido sobretudo aos novos agentes, deixando-nos profundamente tocados e com um sentimento extremo de gratidão à vida, pela confiança e pela outorga espiritual recebida para a execução dos planos traçados em mundos celestes.

O guardião olhou a todos significativamente, baixando a cabeça perante cada um, num gesto em que demonstrava humildade, mas sem afetação. Fixou os olhos de Raul e de Irmina de súbito, e ambos se sentiram abalados, como que recebendo alguma mensagem não articulada trazida pelo guardião. Nós os socorremos, segurando em seus braços, senão desfaleceriam. Somente eles sabiam o que lhes fora transmitido.

Jamar dissolveu-se ali mesmo, talvez estando corporalmente a anos-luz de onde estávamos, sob as luzes de outras estrelas e, quem sabe, de outro universo.

Retornamos à realidade com uma renovação flamejante dentro de nós, decorrida da solenidade conferida ao momento. Os quatro cadetes foram levados por Kiev e Dimitri, que os escoltaram até outro ambiente, antes de serem reconduzidos ao corpo. Raul, Irmina e Diana saíram acompanhando Astrid e Pai João, juntamente com Maria Escolástica, reunindo-se num local mais reservado. Astrid tratava dos próximos passos do aprendizado com todos quando Diana perguntou-lhe:

— Quero saber se será aqui que me matricularei para a nova fase de treinamento. Se for, procurarei me esforçar ao máximo — disse ela, emocionada e mais lúcida no desdobramento.

Astrid tentou desconversar, para evitar tocar no assunto diretamente, porém, Diana insistiu, pois queria conhecer o próximo estágio do treino de agentes dos guardiões. Fitando os demais, como que a pedir socorro, a guardiã não teve como se furtar à resposta:

— Bem, minha amiga... — falou mirando diretamente Raul, que talvez compreendesse melhor a dificuldade em comunicar a metodologia indicada no caso de Diana. — Já que quer conhecer onde e como será seu estágio de aprendizado, é bom que saiba primeiramente que não estará sozinha, conforme asseverou Jamar. Mas convém ter claro que o maior aprimoramento se dá é no mundo físico, e não em desdobramento, fora do corpo.

Diana virou-se para Raul e Irmina, sem entender direito o que a guardiã dissera, e Raul baixou o olhar.

— Seu aprendizado passará por uma experiência com o câncer — Astrid prosseguiu. — Você traz no DNA espiritual uma tendência a experimentar esse tipo de lição. Essa será sua próxima fase, a qual já era prevista em seu planejamento reencarnatório. Dependerá de você, das suas reações durante o processo, a admissão ou não em um nível mais elevado da formação como agente. O câncer será o mestre, o professor que, além do mais, ensinará a fazer uma cirurgia na alma, erodindo crenças que a limitam no progresso que almeja alcançar.

— Mas... — Diana ficou pálida, pois pensara que passaria a uma nova etapa, junto dos guardiões, em sua base extrafísica.

— Aqui, minha amiga, ocorre apenas o compartilhar de teorias — tornou Astrid. — O estágio, o aprendizado verdadeiro, dá-se durante a vigília, no caldeirão dos problemas sociais, emocionais e de saúde e em meio às dificuldades acerbas, às lágrimas vertidas, muitas vezes, na calada da noite. É no decorrer disso tudo que se forja um agente dos guardiões, e não fugindo disso. Portanto, considere se quer mesmo treinar conosco dia a dia ou, então, abrigar-se na infantilidade, na ilusão e no romantismo a respeito da vida espiritual.

Astrid parecia readquirir a força anterior à medida que falava abertamente a Diana sobre o processo de aprendizado de um agente. Raul, que passara por algo semelhante diversas vezes, tinha plena ciência do que estava em jogo, mas se mantivera calado.

Respirando fundo e sentindo-se amparada por Raul, Diana respondeu ao apelo de Astrid, sabendo que podia contar com os amigos guardiões, embora nem sempre pudessem interferir para liberá-la da metodologia de crescimento.

— Eis que assumo meu compromisso com os guardiões. Não volto atrás!

Todos se entreolharam e sorriram um para o outro. Diana foi reconduzida ao corpo pela equipe de guardiões. Conforme indicado por Pai João, ela seria levada algumas vezes aos laboratórios do invisível a fim de receber reforço energético e fluídico. Tudo visava prepará-la para o sistema educativo da vida, que não poupa nenhum dos filhos de Deus de enfrentar, cada qual no tempo certo, o seu desfio pessoal.

Raul e Irmina se abraçaram, e ambos se despediram da equipe. Esse fora um caminho de aprendizado de anos, e teríamos muitos mais pela frente. Raul daria todo o apoio a Diana, mesmo que a relativa distância, preparando-a e amparando-a na empreitada.

MOMENTOS MAIS TARDE, RAUL ESTAVA EM CASA, SOzinho, acordando de uma noite de sono em que trabalhara intensamente com os guardiões, a despeito de que, paralelamente, estivesse lidando, ele próprio, com desafios imensos em sua vida pessoal. Quando ele despertou, o espírito Alex Zarthú o surpreendeu ao lado da cama, com os braços cruzados, e lhe comunicou:

— Raul, ligue o seu celular imediatamente.

— Para quê? A esta hora?

— Isso mesmo! Agora. E acesse seu Instagram. Faça contato com a primeira pessoa que vir numa postagem. Diga que fui eu, Zarthú, o Indiano, que o mandei conversar com ela.

Raul nem ao menos fez sua higiene pessoal e ligou o celular. Ao entrar na rede social, apareceu um post de alguém que não conhecia pessoalmente. Ele lhe enviou a seguinte mensagem direta:

— Olá! Escrevo porque o espírito Zarthú me pediu para entrar em contato com você. Quero que saiba que estou e estarei sempre aqui, disposto a lhe dar todo o apoio que eu puder, seja qual for o desafio que por acaso você enfrente.

A pessoa do outro lado começou a chorar e escreveu, dizendo:

— Meu Deus, que bom! Sinto que não estou sozinha. Acabei de receber, ontem, um diagnóstico de câncer. Que bom que, entre todas as pessoas, seja você a estabelecer contato... Estou mais aliviada. Quase ia fazendo uma besteira.

Raul leu o texto e imediatamente redigiu novo comentário:

— Não pense em nada que vá fazê-la se arrepender depois. Passei pelo mesmo desafio e posso ajudá-la bastante. A partir de agora, você será uma guerreira, e eu, seu tutor. Todos os dias lhe enviarei uma mensagem, que você deverá levar em conta como um comando, uma ordem de serviço dos guardiões.

A partir de então, os dois construíram uma amizade sólida, embora por muito tempo não tenham se encontrado frente a frente.

— Você é uma guerreira a serviço de Cristo. Nunca desanime durante a batalha. Você é um soldado submetido a treinamento, para que esteja apta, mais tarde, a socorrer outros em situação semelhante. Então, faça as pazes com o câncer e faça as pazes com o tratamento. Sem isso, estará sempre em guerra dentro de você. Respire fundo e continue. Permaneço aqui, a qualquer hora, para que saiba que nunca ficará só. Amanhã enviarei nova nota do dia.

— Sim, senhor — respondeu do outro lado. — Estou pronta para enfrentar o teste. Pode ficar certo de que não o decepcionarei.

E assim, durante um bom tempo, as mensagens transitaram entre um e outro, até que se conhecessem pessoalmente.

REFERÊNCIAS BIBLIOGRÁFICAS

BÍBLIA de estudo Scofield. Versão Almeida Corrigida Fiel. São Paulo: Holy Bible, 2009.

DICIONÁRIO Aurélio da Língua Portuguesa. 5ª. ed. Curitiba: Positivo, 2018.

KARDEC, Allan. *A gênese, os milagres e as predições segundo o espiritismo*. Tradução de Evandro Noleto Bezerra. Rio de Janeiro: FEB, 2011.

____. O *Evangelho segundo o espiritismo*. Tradução de Evandro Noleto Bezerra. Rio de Janeiro: FEB, 2011.

____. O *livro dos espíritos*. Tradução de Evandro Noleto Bezerra. 2ª. ed. Rio de Janeiro: FEB, 2011.

____. *Revista espírita*: jornal de estudos psicológicos. Tradução de Evandro Noleto Bezerra. Rio de Janeiro: FEB, 2004. (v. 2, 1859, fev.)

LÉVI-STRAUSS, Claude. *Introdução à obra de Marcel Mauss*. São Paulo: Ubu, 2017. E-book.

PINHEIRO, Robson. Pelo espírito Ângelo Inácio. *Aruanda*: um romance sobre espírita sobre pais-velhos, elementais e caboclos. Contagem: Casa dos Espíritos, 2011. (Segredos de Aruanda, v. 2.)

____. Pelo espírito Ângelo Inácio. *Legião*: um olhar sobre o reino das sombras. Contagem: Casa dos Espíritos, 2011. (O reino das sombras, v. 1.)

____. Pelo espírito Ângelo Inácio. *O agênere*. Contagem: Casa dos Espíritos, 2015. (Crônicas da Terra, v. 3.)

____. Pelo espírito Joseph Gleber. *Além da matéria*: uma ponte entre ciência e espiritualidade. 2ª. ed. rev. Contagem: Casa dos Espíritos, 2011.

OBRAS DE
ROBSON PINHEIRO

PELO ESPÍRITO JÚLIO VERNE

2080 [obra em 2 volumes]

PELO ESPÍRITO ÂNGELO INÁCIO

Encontro com a vida

Crepúsculo dos deuses

O próximo minuto

Os viajores

COLEÇÃO SEGREDOS DE ARUANDA

Tambores de Angola

Aruanda

Antes que os tambores toquem

SÉRIE CRÔNICAS DA TERRA

O fim da escuridão

Os nephilins: a origem

O agênere

Os abduzidos

TRILOGIA O REINO DAS SOMBRAS

Legião: um olhar sobre o reino das sombras

Senhores da escuridão

A marca da besta

TRILOGIA OS FILHOS DA LUZ

Cidade dos espíritos

Os guardiões

Os imortais

SÉRIE A POLÍTICA DAS SOMBRAS

O partido: projeto criminoso de poder

A quadrilha: o Foro de São Paulo

O golpe

ORIENTADO PELO ESPÍRITO ÂNGELO INÁCIO

Faz parte do meu show

COLEÇÃO SEGREDOS DE ARUANDA

Corpo fechado [pelo espírito W. Voltz]

PELO ESPÍRITO TERESA DE CALCUTÁ

A força eterna do amor

Pelas ruas de Calcutá

PELO ESPÍRITO FRANKLIM

Canção da esperança

PELO ESPÍRITO PAI JOÃO DE ARUANDA

Sabedoria de preto-velho

Pai João

Negro

Magos negros

PELO ESPÍRITO ALEX ZARTHÚ

Gestação da Terra

Serenidade: uma terapia para a alma

Superando os desafios íntimos

Quietude

PELO ESPÍRITO ESTÊVÃO

Apocalipse: uma interpretação espírita das profecias

Mulheres do Evangelho

PELO ESPÍRITO EVERILDA BATISTA

Sob a luz do luar

Os dois lados do espelho

PELO ESPÍRITO JOSEPH GLEBER

Medicina da alma

Além da matéria

Consciência: em mediunidade, você precisa saber o que está fazendo

A alma da medicina

ORIENTADO PELOS ESPÍRITOS
JOSEPH GLEBER, ANDRÉ LUIZ E JOSÉ GROSSO

Energia: novas dimensões da bioenergética humana

COM LEONARDO MÖLLER

Os espíritos em minha vida: memórias

PREFACIANDO
MARCOS LEÃO PELO ESPÍRITO CALUNGA

Você com você

CITAÇÕES

100 frases escolhidas por Robson Pinheiro

Quem enfrentará o mal
a fim de que a justiça prevaleça?
Os guardiões superiores
estão recrutando agentes.

COLEGIADO DE GUARDIÕES DA HUMANIDADE

por Robson Pinheiro

FUNDADO PELO MÉDIUM, terapeuta e escritor espírita Robson Pinheiro no ano de 2011, o Colegiado de Guardiões da Humanidade é uma iniciativa do espírito Jamar, guardião planetário.

Com grupos atuantes em mais de 17 países, o Colegiado é uma instituição sem fins lucrativos, de caráter humanitário e sem vínculo político ou religioso, cujo objetivo é formar agentes capazes de colaborar com os espíritos que zelam pela justiça em nível planetário, tendo em vista a reurbanização extrafísica por que passa a Terra.

Conheça o Colegiado de Guardiões da Humanidade. Se quer servir mais e melhor à justiça, venha estudar e se preparar conosco.

PAZ, JUSTIÇA E FRATERNIDADE

www.guardioesdahumanidade.org